FREMDSPRACHENTEXTE · SPANISCH

Elvira Lindo

Manolito Gafotas

Mit Zeichnungen von
Emilio Urberuaga

Herausgegeben von
Klaus Amann

Reclam

RECLAMS UNIVERSAL-BIBLIOTHEK Nr. 19785
2010 Philipp Reclam jun. GmbH & Co. KG,
Siemensstraße 32, 71254 Ditzingen

Druck und Bindung: Eberl & Koesel GmbH & Co. KG,
Am Buchweg 1, 87452 Altusried-Krugzell
Printed in Germany 2021
RECLAM, UNIVERSAL-BIBLIOTHEK und
RECLAMS UNIVERSAL-BIBLIOTHEK sind eingetragene Marken
der Philipp Reclam jun. GmbH & Co. KG, Stuttgart
ISBN 978-3-15-019785-1
www.reclam.de

Para Antonio Muñoz Molina,
mi vida.

[Titel] **Manolito Gafotas:** Spitzname des Protagonisten; »Manolito« ist die Verkleinerungsform von »Manolo«; »gafotas« (fam., pey.) ist die Vergrößerungsform von »gafas«, mit der Bedeutung ›Brillenschlange‹.

Los de mi barrio se quejan

Me llamo Manolito García Moreno, pero si tú entras a mi barrio y le preguntas al primer tío que pase:

– Oiga, por favor, ¿Manolito García Moreno?

El tío, una de dos, o se encoge de hombros o te suelta:

– Oiga, y a mí qué me cuenta.

Porque por Manolito García Moreno no me conoce ni el Orejones López, que es mi mejor amigo, aunque algunas veces sea un cochino y un traidor y otras, un cochino traidor, así, todo junto y con todas sus letras, pero es mi mejor amigo y mola un pegote.

2 **quejarse (de algo a alg.):** sich (bei jdm. über etwas) beschweren, beklagen.

4 **el tío:** hier (fam.): Typ, Kerl.

6 **uno/una de dos:** eins von beiden.
encogerse de hombros: mit den Schultern / den Achseln zucken.

7 **soltarle algo a alg.** (fam.): jdm. etwas sagen, an den Kopf schleudern.

10 **el Orejones López:** etwa: der Segelohr-López (*el orejón*, aum.: *la oreja*). Im Spanischen sind Spitznamen, die sich auf physische Besonderheiten einer Person beziehen, üblich und werden nicht als Beleidigung empfunden.

11 **el cochino:** Schwein; (fam.) Schmutzfink, Saukerl.

12 **el traidor / la traidora:** Verräter(in).

13 **molar un pegote** (fam.): cool, geil sein (*molar*, fam.: gefallen).

En Carabanchel, que es mi barrio, por si no te lo había dicho, todo el mundo me conoce por Manolito Gafotas. Todo el mundo que me conoce, claro. Los que no me conocen no saben ni que llevo gafas desde que tenía cinco años. Ahora, que ellos se lo pierden.

Me pusieron Manolito por el camión de mi padre y al camión le pusieron *Manolito* por mi padre, que se llama Manolo. A mi padre le pusieron Manolo por su padre, y así hasta el principio de los tiempos. O sea,

1 **Carabanchel:** Arbeitervorort im Südwesten Madrids, der aus sieben Vierteln besteht, ein klassischer Zuwanderervorort der innerspanischen Migration mit Familien aus Andalusien, Extremadura, Murcia und Galicien. »Manolo« ist der stereotype Vorname Galiciens. Das bekannteste Gebäude des Bezirks ist das berüchtigte Hochsicherheitsgefängnis Alto Carabanchel aus der Zeit der Francodiktatur. Dort wurden viele politische Gefangene weggesperrt und gefoltert. Es wurde 1998 abgerissen.
por si: falls / für den Fall, dass.

que por si no lo sabe Steven Spielberg, el primer dinosaurio velocirraptor se llamaba *Manolo*, y así hasta nuestros días. Hasta el último Manolito García, que soy yo, el último mono. Así es como me llama mi madre en algunos momentos cruciales, y no me llama así porque sea una investigadora de los orígenes de la humanidad. Me llama así cuando está a punto de soltarme una galleta o colleja. A mí me fastidia que me llame el último mono, y a ella le fastidia que en el barrio me llamen el Gafotas. Está visto que nos fastidian cosas distintas, aunque seamos de la misma familia.

A mí me gusta que me llamen Gafotas. En mi colegio, que es el Diego Velázquez, todo el mundo que es un poco importante tiene un mote. Antes de tener un mote yo lloraba bastante. Cuando un chulito se metía conmigo en el recreo, siempre acababa insultándome

2 **el velocirraptor:** Velociraptor, truthahngroßer Dinosaurier, der vor allem durch Steven Spielbergs ausgebrütete Dinosauriereier in *Jurassic Park* bekannt geworden ist.
4 **el último mono:** das Allerletzte.
5 **crucial:** entscheidend, bedeutsam.
6 **el investigador / la investigadora:** Forscher(in).
7 **estar a punto de hacer algo:** nahe daran sein, kurz davor stehen etwas zu tun.
7 f. **soltarle una galleta a alg.** (fam.): jdm. einen Schlag, eine Ohrfeige versetzen.
8 **la colleja** (fam.): Nackenschlag.
10 **está visto que:** es ist doch klar / liegt auf der Hand, dass.
14 **Diego Velázquez:** Diego Rodríguez de Silva y Velázquez, berühmter spanischer Maler des 17. Jh.s. Viele spanische Schulen sind nach großen Persönlichkeiten der Kunst und der Geschichte benannt.
15 **el mote:** Spitzname.
16 **el chulito** (dim.): *el chulo:* Schnösel, Angeber.

y llamándome Cuatro-ojos o Gafotas. Desde que soy Manolito Gafotas, insultarme es una pérdida de tiempo. Bueno, también me pueden llamar Cabezón, pero eso de momento no se les ha ocurrido y desde luego yo no pienso dar pistas. Lo mismo le pasaba a mi amigo el Orejones López; desde que tiene su mote, ahora ya nadie se mete con sus orejas.

Hubo un día que discutimos a patadas cuando volvíamos del colegio porque él decía que prefería sus orejas a mis gafas de culo de vaso y yo le decía que prefería mis gafas a sus orejas de culo de mono. Eso

3 **el cabezón:** Dickschädel, Sturschädel.
4 **no se les ha ocurrido:** es ist ihnen nicht in den Sinn gekommen, sie sind nicht auf die Idee gekommen (*ocurrírsele a alg. hacer algo:* auf die Idee kommen etwas zu tun).
5 **dar pistas:** Tipps geben (*la pista:* Spur, Fährte).
7 **ya nadie se mete con sus orejas:** niemand ärgert ihn mehr wegen seiner Ohren.
8 **a patadas** (fam.): heftig, gewaltig.
10 **las gafas de culo de vaso** (fam.): ganz dicke Brillengläser (*el culo de vaso*, fam.: Glas-, Flaschenboden).
11 **el culo de mono** (vulg.): Affenarsch.

de culo de mono no le gustó nada, pero es verdad. Cuando hace frío, las orejas se le ponen del mismo color que el culo de los monos del zoo; eso está demostrado ante notario. La madre del Orejones le ha dicho que no se preocupe porque, de mayor, las orejas se encogen, y si no se encogen, te las corta un cirujano y santas pascuas.

La madre del Orejones mola un pegote porque está divorciada y, como se siente culpable, nunca le levanta la mano al Orejones para que no se le haga más grande el trauma que le está curando la señorita Esperanza, que es la psicóloga de mi colegio. Mi madre tampoco quiere que me coja traumas pero, como no está divorciada, me da de vez en cuando una colleja, que es su especialidad.

La colleja es una torta que te da una madre, o en su defecto cualquiera, en esa parte del cuerpo humano que se llama nuca. No es porque sea mi madre, pero la verdad es que es una experta como hay pocas. A mi abuelo no le gusta que mi madre me dé collejas y siempre le dice: «Si le vas a pegar, dale un poco más

3f. **demostrado/a ante notario:** notariell beglaubigt (*el notario / la notaria:* Notar[in]).
5 **de mayor:** als Erwachsener, wenn man erwachsen ist.
5f. **encogerse:** schrumpfen, eingehen.
6 **el cirujano:** Chirurg.
6f. **y santas pascuas** (fam.): und Schluss damit!
13 **cogerse algo:** etwas bekommen, sich etwas einfangen (Krankheit) (*cogerse los dedos:* sich die Finger einklemmen).
16 **la torta** (fam.): Ohrfeige, Schlag.
16f. **en su defecto:** an seiner/ihrer Stelle, stellvertretend.
18 **la nuca:** Nacken.

abajo, mujer, no le des en la cabeza, que está estudiando.»

Mi abuelo mola, mola mucho, mola un pegote. Hace tres años se vino del pueblo y mi madre cerró la terraza con aluminio visto y puso un sofá cama para que durmiéramos mi abuelo y yo. Todas las noches le saco la cama. Es un rollo mortal sacarle la cama, pero me aguanto muy contento porque luego siempre me da veinticinco pesetas en una moneda para mi cerdo – no es un cerdo de verdad, es una hucha – y me estoy haciendo inmensamente rico.

Hay veces que me llama el príncipe heredero porque dice que todo lo que tiene ahorrado de su pensión será para mí. A mi madre no le gusta que hablemos de la muerte, pero el abuelo dice que, en los cinco años de vida que le quedan, piensa hablar de lo que le dé la gana.

Mi abuelo siempre dice que quiere morirse antes del año 2000, dice que no tiene ganas de ver lo que pasará en el próximo siglo, que para siglos ya ha tenido bastante con éste. Está empeñado en morirse en 1999 y de la próstata, porque ya que lleva un montón de

5 **el aluminio visto:** Sichtaluminium (wie Sichtbeton).
7 **el rollo:** hier (fam.): Sache, Angelegenheit.
8 **aguantarse:** sich zufriedengeben; durchhalten (*aguantar algo:* etwas aushalten, durchhalten).
10 **la hucha:** Sparbüchse.
11 **inmenso/a:** unermesslich, immens.
12 **el príncipe heredero:** Erbprinz.
16f. **lo que le dé la gana** (fam.): was er will, wozu er Lust hat.
21 **empeñarse en hacer algo:** darauf bestehen etwas zu tun, unbedingt etwas tun wollen.

tiempo aguantando el rollo de la próstata, tendría poca gracia morirse de otra cosa.

Yo le he dicho que prefiero heredar todo lo de su pensión sin que él se muera, porque dormir con mi abuelo Nicolás mola mucho, mola un pegote. Nos dormimos todas las noches con la radio puesta y, si mi madre prueba a quitarnos la radio, nos despertamos. Nosotros somos así. Si mi abuelo se muriera, yo tendría que compartir la terraza de aluminio visto con el Imbécil y eso me cortaría bastante el rollo.

El Imbécil es mi hermanito pequeño, el único que tengo. A mi madre no le gusta que le llame el Imbécil; no hay ningún mote que a ella le haga gracia. Que conste que yo se lo empecé a llamar sin darme cuenta. No fue de esas veces que te pones a pensar con los puños sujetando la cabeza porque te va a estallar.

Me salió el primer día que nació. Me llevó mi abuelo al hospital, yo tenía cinco años; me acuerdo porque acababa de estrenar mis primeras gafas y mi

1 f. **tener poca gracia:** witzlos sein, keinen Spaß machen.
6 **poner:** hier: einschalten.
9 **compartir:** (auf)teilen.
10 **el Imbécil:** Dussel, Schwachkopf, Depp; wird in der deutschen Übersetzung mit »der Simpel« wiedergegeben.
10 f. **cortar el rollo a alg.** (fam.) jdm. den Spaß verderben.
14 **hacer gracia a alg.:** jdm. gefallen, jdn. freuen.
15 **que conste:** so viel ist sicher und damit das klar ist (*constar:* gewiss sein, feststehen).
17 **el puño:** Faust.
sujetar: festhalten, befestigen; hier: (ab)stützen.
21 **estrenar:** zum ersten Mal tragen, einweihen.

vecina la Luisa siempre decía: «Pobrecillo, con cinco años.»

Bueno, pues me acerqué a la cuna y le fui a abrir un ojo con la mano, porque el Orejones me había dicho que si mi hermanito tenía los ojos rojos es que estaba poseído por el diablo. Yo fui a hacerlo con mi mejor intención y el tío se puso a llorar con ese llanto tan falso que tiene. Entonces todos se me echaron encima como si el poseído fuera yo y pensé por primera vez: «¡Qué imbécil!», y es de esas cosas que ya no se te quitan de la cabeza. Así que nadie me puede decir que le haya puesto el mote aposta; ha sido él, que ha nacido para molestar y se lo merece.

Igual que yo me merezco que mi abuelo me llame: Manolito, *El Nuevo Joselito*. Porque mi abuelo me enseñó su canción preferida, que se llama *Campanera*,

1 **pobrecillo:** du armes Kind! (*pobrecillo/a*, dim.: *pobre*).
3 **acercarse:** näher kommen, sich nähern.
la cuna: Wiege.
6 **poseído/a:** besessen.
7 **el llanto:** Weinen, Jammern.
12 **aposta(damente):** extra, absichtlich.
14 **igual que** (fam.): genauso, ebenso wie.
15 **el Nuevo Joselito:** Anspielung auf José Jiménez Fernández, besser bekannt als »Joselito«, spanischer Schauspieler und Sänger, geboren 1942. Er wurde zu einem spanischen Kinderfilmstar à la Shirley Temple gemacht, der von den Filmstudios als 9-Jähriger präsentiert wurde, obwohl er schon 13 war. Er handelte später mit Waffen und Drogen in Angola und musste für fünf Jahre ins Gefängnis.
16 **«Campanera»:** eines der bekanntesten Lieder des Sängers Joselito, in dem im Stile der Francozeit die Frau (»Campanera« heißt ›Glöcknerin‹) als Gefäß der Reinheit und Ausruferin Gottes besungen wird.

y es una canción muy antigua, de cuando no había váter en la casa de mi abuelo y la televisión era *muda*. Algunas noches jugamos a Joselito, que era el niño antiguo que la cantaba en el pasado, y yo le canto la canción y luego hago que vuelo y esas cosas, porque si no jugar a Joselito, una vez que acabas de cantar *Campanera*, se convierte en un rollo repollo. Además, a mi abuelo se le saltan las lágrimas por lo antigua que es *Campanera* y porque el niño antiguo acabó en la cárcel, y a mí me da vergüenza que mi abuelo llore con lo viejo que es por un niño tan antiguo.

Resumiendo, que si vas a Carabanchel y preguntas por Manolito, *El Nuevo Joselito*, tampoco te van a querer decir nada o a lo mejor te señalan la cárcel de mi barrio, por hacerse los graciosos, que es una costumbre que tiene la gente.

No sabrán quién es Manuel, ni Manolo, ni Manuel García Moreno, ni El Nuevo Joselito, pero todo el mundo te dará pelos y también señales de Manolito,

2 **el váter:** WC, Toilette.

2f. **mudo/a:** stumm; Manolito verwechselt hier möglicherweise »las películas mudas« mit »la tele en blanco y negro«. Das Fernsehen steckte in den 50er Jahren noch in den Kinderschuhen. Man ging stattdessen ins Kino.

7 **el rollo repollo:** Kohlstrudel, -roulade; *el rollo:* hier (fam.): langweilige Sache; Unsinn; *el rollo repollo:* etwa: Oberunsinn, Supermist.

8 **se le saltan las lágrimas:** ihm kommen die Tränen.

13 **resumir:** zusammenfassen.

16 **hacerse el gracioso:** den Clown spielen, Spaß machen.

20 **dar pelos y señales** (fam.): ganz genau berichten, haarklein erzählen.

más conocido a este lado del río Manzanares como Gafotas y más conocido en su propia casa como: «Ya ves tú quién fue a hablar: el último mono.»

1 **el río Manzanares:** größter Fluss Madrids, der die Vororte Casa de Campo, Latina, Carabanchel, Usera und Villaverde vom Rest der Hauptstadt trennt. Die Stadtviertel jenseits des Manzanares sind eher Arbeiter- und Studentenviertel, in denen Mietwohnungen noch halbwegs erschwinglich sind. Durch die U-Bahn sind sie jedoch sehr gut an das Stadtzentrum angebunden.

2f. **ya ves tú quién fue a hablar:** etwa: du bist mir gerade der Richtige; schau mal, wer da spricht.

El cuerno de Manolito

Al empezar septiembre, mi madre nos mandó a mi abuelo y a mí a comprar un cuerno que me faltaba en la trenca. Me lo arrancó el año pasado el Orejones López de un mordisco, un día que no le quise dar bocadillo. Él se rompió un diente y yo me quedé sin cuerno. A él le consoló su madre y a mí la mía me dio una colleja de las de efecto retardado, de las que te duelen a la media hora aproximadamente. Ese día aprendí que si quieres meterte a una madre en el bote, es mucho mejor que te rompas algo de tu propio cuerpo a que te rompas algo de la ropa. Lo de la ropa lo llevan fatal. Sin embargo, de los destrozos de los hijos se ponen a presumir en cuanto te descuidas:

1 **el cuerno:** hier: Hirschknopf, länglicher hornförmiger Knopf.
5 **la trenca:** dreiviertellanger Wintermantel mit Kapuze und länglichen Knöpfen.
6 **de un mordisco:** mit einem Biss.
9 **el efecto retardado:** Spätwirkung (*retardado/a:* verzögert, verspätet).
11 f. **meterse alg. en el bote** (fam.): jdn. auf seine Seite ziehen.
14 **llevar algo fatal** (fam.): etwas nicht ertragen, nicht leiden können.
el destrozo: Schaden, Verwüstung; hier: Verletzung (*destrozar:* zerstören, kaputtmachen).
15 **presumir (de que):** (damit) angeben/prahlen (dass).
15 f. **en cuanto te descuidas:** sowie du mal nicht aufpasst.

– Mi hijo ayer se rompió una pierna.

– Y el mío la cabeza, no te fastidia.

A las madres nunca les gusta quedar por detrás cuando están con otras madres. Por eso, al llegar septiembre, me dijo mi madre:

– No quiero que empieces el colegio y que nos plantemos en octubre, sin que te haya cosido el cuerno a la trenca.

Es mi trenca del año pasado, va a ser la de este año y será la del que viene y la del otro y la del otro, porque mi madre dice que los niños crecen mucho y hay que comprar las trencas con vistas al futuro. Los niños crecen mucho, pero yo no. Por eso, ésta será la trenca que lleve el día de mi muerte, cuando sea viejo. Odio mi trenca. Tendré que pasar la vida odiando la misma trenca. ¡Qué aburrimiento!

Este verano, mi madre obligó al médico a que me recetara vitaminas. Yo creo que a ella le da vergüenza que la trenca siempre me esté igual de grande y me da vitaminas para que la trenca y yo seamos de una vez por todas de la misma talla. Hay veces que pienso que mi madre quiere más a la trenca que a mí, que soy de su sangre. Se lo pregunté a mi abuelo

2 **no te fastidia** (fam.): Na, da guckst du.
6f. **plantarse en octubre:** sich plötzlich im Oktober befinden, plötzlich Oktober haben.
7 **coser:** (an)nähen.
16 **el aburrimiento:** Überdruss, Verdruss, Langeweile.
18 **recetar:** verschreiben.
19 **igual de grande:** gleich groß.
20f. **de una vez por todas:** ein für alle Mal.

mientras íbamos a por el cuerno, pero él me dijo que todas las madres le cogían mucho cariño a las trencas, a los abrigos en general, a los gorros y a los guantes, pero que, a pesar de todo, seguían queriendo a los hijos porque las madres tenían un corazón muy grande.

En mi barrio, que es Carabanchel, hay de todo. Hay una cárcel, autobuses, niños, presos, madres, drogadictos y panaderías, pero no hay cuernos para las trencas, así que mi abuelo Nicolás y yo cogimos el metro para ir al centro.

Tenemos mucha suerte en el metro porque, aunque vaya muy lleno, mi abuelo y yo juntos damos mucha pena y siempre nos dejan el sitio. Mi abuelo da pena porque es viejo y está de la próstata. La próstata no se le ve, pero sí se le ve que es viejo. A lo mejor yo doy pena porque llevo gafas, no te lo puedo asegurar.

Cuando la gente nos deja el sitio, nos vemos en la obligación de poner cara de pobres desgraciados, porque, si, por ejemplo, te dejan el sitio y vas y te sientas y te partes de risa inmediatamente la gente

1 **ir a por algo:** wegen etwas losgehen, etwas holen gehen.
2 **coger cariño a alg.:** zu jdm. Zuneigung fassen, jdn. liebgewinnen.
3 **el gorro:** Kappe, Mütze (auch *la gorra*).
8f. **el drogadicto / la drogadicta:** Drogenabhängige(r).
13f. **dar pena** (a alg.): (jdm.) leidtun, (jds.) Mitleid erregen (*la pena:* hier: Kummer, [Mit-]Leid).
14 **dejar el sitio:** den Platz überlassen.
16 **pero sí se le ve que:** aber man sieht ihm doch an, dass.
19 **desgraciado/a:** armselig, unglücklich.
21 **partirse de risa** (fam.): sich vor Lachen schütteln, laut loslachen.

se mosquea. Así que mi abuelo y yo siempre entramos en el metro como hechos polvo y siempre nos da resultado. Pruébalo, pero tampoco se lo vayas contando a todo el mundo, a ver si al final se corre la voz y se nos acaba el chollo.

Mi madre nos había mandado a Pontejos, que es una tienda que hay en la Puerta del Sol, donde van todas las madres del mundo mundial a comprar botones, cremalleras, agujas y cuernos.

Nos pasamos una hora delante del mostrador porque mi abuelo dejaba a todas las señoras que se colaran. A él le encanta que las señoras se le cuelen y, si tienen tiempo, que se tomen un café con él. Nunca ninguna ha tenido tiempo, pero él dice que jamás se dará por vencido.

Después de estar allí una hora, de que mi abuelo hablara con unas y otras, yo me tumbé en el mostra-

1 **mosquearse** (fam.): misstrauisch werden; eingeschnappt sein.
2 **(estar) hecho/a polvo** (fam.): völlig erschossen, total fertig sein.
4 **se corre la voz** (fig.): etwas spricht sich herum (*la voz*, fig.: Gerücht).
5 **el chollo** (fam.): Glück(streffer).
6 **Pontejos:** Almacén de Pontejos, altehrwürdige Kurzwarenhandlung an der Plaza de Pontejos im Herzen Madrids.
7 **la Puerta del Sol:** das Zentrum Madrids in räumlicher und zeitlicher Hinsicht: hier beginnt die Distanzmessung in andere Städte und Orte Spaniens (»kilómetro cero«) und hier wird mit zwölf Glockenschlägen, die im ganzen Land via Fernsehen übertragen werden, das neue Jahr eingeläutet.
9 **la cremallera:** Reißverschluss.
10 **el mostrador:** Ladentisch, (Laden-)Theke.
11 f. **colarse** (fam.): sich vordrängeln, einschleichen.
15 **darse por vencido/a:** sich geschlagen geben.
17 **tumbarse** (fam.): sich hinlegen, aufs Ohr hauen.

dor, porque estaba muy cansado de estar de pie y el dependiente se empeñó en despacharnos. No quería que yo le pusiera las botas en el mostrador, así que cuando tuvimos el cuerno en nuestro poder, dijo mi abuelo:

– Ya hemos cumplido con nuestras obligaciones; ahora vamos a darnos un garbeo por la Gran Vía, Manolito.

2 **despachar a alg.:** jdn. hinausbefördern, loswerden.
4 **tener algo en su poder:** im Besitz von etwas sein.
6 **cumplir con algo:** etwas erfüllen (Pflicht, Versprechen).
7 **darse un garbeo** (fam.): einen (kurzen) Spaziergang machen, flanieren.

Y yo le contesté:

– Vale, cómo mola, abuelito querido.

Bueno, no le dije abuelito querido. Si le llego a decir «abuelito querido» a mi abuelo, me manda con suma urgencia a que me den un electrochoque.

Fuimos a la Gran Vía. Y qué te crees que vimos: una manifestación. En mi barrio hay manifestaciones, pero no son tan bonitas como las que dan en la Gran Vía. Mi abuelo dijo:

– Vamos a quedarnos de bulto.

A los que se manifestaban les debió parecer muy bien, porque no nos echaron ni nada. Mi abuelo le pidió a un señor que me subiera a hombros, para que pudiera ver al que estaba echando el mitin. Cuando estaba encima del tío, me di cuenta de que tenía caspa y se la empecé a limpiar un poquillo. Le dije que por qué no se compraba un champú que anuncian en la tele que te quita la caspa y te consigue una novia como te descuides. El tío me soltó en el suelo como mosqueado y dijo:

– Joé, con el nieto, lo que pesa.

El tío asqueroso me metió durante un rato el com-

4f. **con suma urgencia:** schleunigst, mit höchster Dringlichkeit.
10 **de bulto** (m.): als Staffage, Komparse(n).
12 **echar:** hier: von sich geben, verkünden.
14 **el mitin:** (Volks-)Versammlung.
15 **la caspa** (sg.!): (Kopf-)Schuppen (*casposo/a:* schuppig, voller Schuppen).
16 **un poquillo** (dim.): *un poco*.
19 **descuidarse:** sich vernachlässigen.
21 **joé:** Kurzform von *joder*, vulg.: verdammt nochmal!, Scheiße!
22 **asqueroso/a:** scheußlich, ekelhaft.
22f. **meter un complejo a alg.:** bei jdm. einen Komplex auslösen.

plejo de gordo. Yo es que cada poco tengo un complejo. Lo he tenido de bajo, de gordo, de gafotas, de patoso ... No sigo porque me estoy poniendo verde a mí mismo. El complejo de gordo me dio muy fuerte el año pasado, pero se me pasó porque, la verdad, es una tontería tener complejo de gordo, si uno no está gordo.

Mi abuelo ni se enteró de lo del tío casposo. Mi abuelo se había puesto a protestar por su pensión, que es lo que hace siempre que se encuentra con más de dos personas. También dijo que, desde que se impuso la olla a presión, se había perdido mucho en esta sociedad.

Íbamos por el centro de la calle, sin coches. Todo estaba lleno de policías y yo me puse a pensar: «Cómo mola.» Al cabo del rato, va la manifestación y se acaba y entonces dice mi abuelo:

– Te voy a comprar una hamburguesa para que luego tu madre no diga que te mato de hambre.

Me compró una hamburguesa y él se pidió tres helados, dos para él – que está de la próstata – y uno para mí, que estoy un poco gordo. Y yo pensé: «Cómo mola, cómo mola el mundo, la bola del mundo, cómo mola.» Creo que era el día más importante de mi vida;

1 **cada poco:** für die geringste Kleinigkeit.
3 **patoso/a** (fam.): ungeschickt, tölpelhaft.
3f. **ponerse verde a sí mismo** (fig.): auf sich selbst sauer werden.
11 **imponerse:** sich aufdrängen; sich durchsetzen, die Oberhand gewinnen.
12 **la olla a presión:** Schnellkochtopf.
19 **matarse de hambre:** verhungern.

Capitol

me puse a saltar de la risa que me daba y me dijo mi abuelo:

– No saltes, que en la Gran Vía no se puede saltar porque está debajo el metro y esto, por menos de nada, se viene abajo.

Así que me corté un pelo y salté sólo mentalmente. Estoy muy acostumbrado a saltar mentalmente porque si no nuestra vecina la Luisa sube preguntando a qué santo viene ese terremoto de San Francisco.

Te juro que ya nos íbamos para casa, pero vimos a una que presenta los telediarios sentada en una cafetería tomándose un sándwich con pollo, mayonesa, lechuga y tomate. Lo sé porque mi abuelo y yo nos quedamos mirando por el escaparate hasta que se le terminó.

La tía ya no sabía dónde mirar; se ve que estaba cortada. En una de éstas se le cayó un poco de mayonesa por la barbilla y se limpió muy rápidamente. Llamó al camarero y le hizo un gesto como para que echara las cortinas, pero se jorobó porque no había cortinas.

5 **venirse abajo** (fam.): einstürzen.
6 **cortarse un pelo** (fam.): etwa: sich ein wenig zurückhalten (meistens in der Verneinung *no cortarse [ni] un pelo* im Sinne von ›keine Hemmungen haben‹, ›kein Blatt vor den Mund nehmen‹).
8f. **a qué santo** (fam.): woher zum Teufel.
11 **el telediario:** Tagesschau, Nachrichten.
14 **el escaparate:** Schaufenster.
16 **se ve que:** hier: anscheinend, offenbar.
17 **cortarse:** verlegen werden, peinlich berührt sein.
en una de éstas (fam.): einmal.
18 **la barbilla:** Kinn.
20 **jorobarse** (fam.): sich ärgern.

Ya no podía irme hasta que no se levantara, porque en mi colegio dicen que hay muchos presentadores de los telediarios que no tienen piernas y que por eso se hacen presentadores de telediarios, porque las piernas no les hacen falta. Mis amigos no me hubieran perdonado jamás que yo me hubiera ido sin comprobarlo. Y para comprobar esas cosas hay que salir al centro, que es donde hay famosos, porque en mi barrio, que es Carabanchel, no hay ni famosos ni cuernos. El camarero salió y le dijo a mi abuelo:

– Abuelo, para ver animales lleve al niño al zoo, esto es una cafetería.

Y dijo mi abuelo sin quedarse atrás ni un instante:

– Yo estoy con mi nieto en la calle y de la calle a mí no me echa ni usted ni el alcalde que se presentara aquí *in person*.

Mi abuelo soltó lo de «*in person*» y se quedó tan pancho; él nunca se da importancia. Pero el camarero volvió a la carga; era el típico pelota de los famosos, y siguió:

– Yo soy responsable de que la señorita locutora se

7 **comprobar:** (über)prüfen, nachsehen.
16 **echar a alg.:** jdn. vertreiben, hinauswerfen.
18f. **quedarse tan pancho/a** (fam.): sich nicht aus der Ruhe bringen lassen.
19 **darse importancia:** sich wichtig machen.
20 **volver a la carga** (fig.): wieder von etwas anfangen, nicht locker lassen.
el pelota (fam.): Schleimer, Speichellecker.
22 **el locutor / la locutora:** (Nachrichten-)Sprecher(in).

ila
HOY

tome el sándwich tranquila y no como si fuera una mona de la Casa de Fieras.

– Lo de mona ha salido de su boca y no de la mía – dijo mi abuelo, que habla mejor que el presidente –. Pero no sé por qué a la señorita presentadora le da tanta vergüenza que la miren un pobre viejo y un niño cuando todas las noches hay millones de telespectadores pendientes de su boquita.

– Pues le molesta – dijo el camarero, que estaba dispuesto a llevarse el premio de pesado del año y de típico pelota de famosos.

– Más me molesta a mí – contestó mi abuelo al camarero y a todos los que ya hacían corro en la Gran Vía –, más me molesta a mí – repitió – que la señorita presentadora se equivoque cada dos por tres en las noticias, porque el sueldo de la señorita presentadora sale del bolsillo del contribuyente, de un servidor, que paga sus impuestos a pesar de que mi pensión no llega ni para comprarme un braguero. Que hable la

2 **Casa de Fieras:** Raubtierzwinger im Zoo Casa de Campo, neben dem auch Käfige mit zahmeren Tieren wie Affen, Lamas und Pfaue zu sehen sind.
7f. **el telespectador / la telespectadora:** Fernsehzuschauer(in).
8 **pendientes de su boquita** (fig.): die an ihrem Mündchen hängen/kleben.
9f. **estar dispuesto/a a** (+ inf.): bereit, entschlossen sein zu.
10 **pesado/a:** hier: lästig, aufdringlich.
13 **hacer corro:** einen Kreis, ein Publikum bilden (*el corro:* Kreis, Gruppe, Ring).
15 **cada dos por tres** (fam.): ständig.
17 **el contribuyente:** Steuerzahler.
el servidor: hier (irón.): meine Wenigkeit.
19 **el braguero:** Bruchband (orthopädische Unterhose bei Leistenbrüchen und Prostataoperationen).

señorita presentadora de las pensiones en su telediario.

Cuando mi abuelo terminó de decir esto, la gente empezó a aplaudirle más que al tío que echaba el mitin hacía un rato. A mi pobre abuelo le temblaba la barbilla como siempre que se emociona.

La gente le dijo al camarero que le sacara un vaso de agua y el camarero se tuvo que jorobar y meterse al bar por el vaso de agua, pero no fue él el que salió con el vaso de agua en la mano.

No te lo vas a creer, pero te lo juro por el Imbécil que la que traía el vaso era la señorita presentadora. Fue un momento crucial en nuestras vidas.

– Tome – dijo ella con la misma voz que tiene en la televisión –. ¿Está usted mejor?

Mi abuelo le dijo que sí, que sólo había querido demostrarle a su nieto que las presentadoras tenían piernas, y además – le dijo – muy bonitas; que no había presentadora como ella y que la televisión no le hacía justicia, que era cien veces más guapa al natural y que buenas noches, que el niño empieza el colegio y hemos venido a por un cuerno al centro y mire usted la hora que es, mi hija estará llamando al 091. Después de acabar su segundo discurso bebió dos sorbos más de agua y echamos a andar. Mi abuelo levantó la mano en plena Gran Vía para coger un taxi porque ya

6 **emocionarse:** sich freuen, freudig erregt/gerührt sein.
19 f. **hacer justicia a alg.:** jdm. gerecht werden.
20 **al natural:** in Natura.
23 **091:** Notrufnummer in Spanien.
24 **el sorbo:** Schluck.
25 **echar a** (+ inf.): beginnen zu.

era supertarde. Seguro que ya había terminado la segunda edición del telediario. Paró un taxi y le dijo al taxista:

– Mire, vamos a Carabanchel Alto. ¿Usted cree que tenemos suficiente con seiscientas pesetas?

Y el taxista contestó:

– Pues no, eso está en el quinto pino.

El taxista no quiso llevarnos y tampoco quiso despedirse. Hay personas que se enfadan sólo porque les hagas una pregunta de nada, hay personas en el mundo que tienen muy mala leche.

– Con lo de la hamburguesa nos hemos quedado con seiscientas pesetas peladas, Manolito.

El tío le echaba la culpa a mi hamburguesa, ya no se acordaba de que él se había zampado dos helados. Así que tuvimos que volver por donde habíamos venido, por el metro.

A mí me empezó a entrar mucho sueño, me entraba mucho sueño de pensar en el colegio, en mi señorita, en el invierno y en mi trenca. Y si además de pensar en todo eso vas en metro, la cabeza se te pone modorra y ya no puedes pensar. A mi abuelo le debía de pasar lo mismo, porque me dijo:

5 **seiscientas pesetas:** entspricht etwa 3,60 €.
7 **en el quinto pino** (fig.): in der Pampa, am Ende der Welt.
11 **tener muy mala leche** (fam.): stinksauer sein, miese Laune haben; Übles im Schilde führen.
13 **con seiscientas pesetas peladas:** mit lausigen, mit gerade mal 600 Peseten (*pelado/a:* geschoren, gerupft).
15 **zampar(se):** hinunterschlingen.
18 **me empezó a entrar mucho sueño:** ich wurde sehr müde, schläfrig.
21 f. **modorro/a:** schwer, benommen.

– Voy a echar una cabezada, Manolito, majo. Cuida tú de que no nos pasemos de parada.

Pero yo también me quedé dormido, muy dormido, más dormido todavía.

Nos despertó un guardia del metro. Habíamos llegado a la mitad de un campo y no sabíamos la hora. No hay nada peor que dormirse en el metro y despertarse en la mitad de un campo. Me puse a llorar antes de que nadie me regañara. Pero el guardia no nos regañó, nos dijo que habíamos llegado hasta la Casa de Campo y nos acompañó hasta nuestra estación, porque se ve que le vio a mi abuelo pinta de estar de la próstata. Cuando llegamos a casa, todos los vecinos estaban en el portal consolando a mi madre por nuestra desaparición. La Luisa le había dicho a mi madre:

– No te preocupes, Cata. Si se hubieran muerto ya lo habrían sacado en el telediario.

Todo el mundo le echaba la bronca a mi abuelo: que si no tenía conocimiento, que si el niño se tiene que levantar temprano, que si no habrá cenado, que si

1 **echar una cabezada:** ein Nickerchen machen, einnicken (auch *dar una cabezada*).
majo: hier (fam.): Freundchen, Kumpel.
9 **regañar a alg.** (fam.): mit jdm. schimpfen, jdn. schelten.
12 **le vio a mi abuelo pinta de** (fam.): er sah meinem Großvater an, dass (*la pinta*, fam.: Aussehen, Augenschein).
15 **la desaparición:** Verschwinden.
19 **echar la bronca a alg.** (fam.): jdn. aussschimpfen, anschnauzen (*la bronca*, fam.: Streiterei, Krach).
20 **tener conocimiento:** bei Bewusstsein sein; hier: bei Verstand, Besinnung sein.

iban a llamar a los cuerpos especiales de rescate policiaco. Mi abuelo subió corriendo las escaleras (lo de corriendo es un decir) para quitarse de encima a toda la multitud.

Cuando llevábamos un rato en casa y mi madre nos había echado en cara todo desde el día en que nacimos, se le ocurrió preguntar:

– ¿Y el cuerno de la trenca?

El cuerno no aparecía por ninguna parte; entonces dijo que un día la íbamos a matar de un disgusto y de un infarto mortal.

Por primera vez después del verano, mi abuelo se dejó los calcetines puestos para dormir; lo sé porque me acosté con él. Es que en mi barrio, que es Carabanchel, en cuanto empieza el colegio empieza el frío. Es así, lo han demostrado científicos de todo el mundo.

Pasó un rato, dos ratos, después del tercer rato me di cuenta de que no podía dormirme: al día siguiente empezaba el colegio y todo el mundo tendría tantas cosas que contar que a lo mejor a nadie le importaba todo lo que me había pasado en la Gran Vía. Todo eso lo pensaba yo para mis adentros, porque creía que mi

1 f. **el cuerpo especial de rescate policiaco:** polizeiliches Sonderkommando für Rettungseinsätze.

3 **es un decir:** das sagt man so (*el decir:* Redensart, -weise).
quitarse a alg. de encima: sich jdn. vom Leibe halten, vom Halse schaffen.

4 **la multitud:** (Menschen-)Menge, Volksmasse.

6 **echar en cara algo a alg.:** jdm. etwas vorwerfen.

11 **el infarto:** Infarkt.

23 **para mis adentros:** innerlich, bei mir.

abuelo ya se había dormido. Pero de repente me dijo al oído:

– Qué bien lo hemos pasado esta tarde, Manolito, majo. Cuando cuente yo mañana en el Hogar del Pensionista que me trajo un vaso de agua la señorita presentadora no se lo van a creer. Menos mal que tengo un testigo.

Ya no dijo nada más, se durmió, empezó a soplar para dentro. Sopla para dentro porque para dormir se quita los dientes. El locutor de la radio dijo algo de los niños que al día siguiente empezaban el colegio. Qué tío, me tenía que recordar lo más desagradable de mi futuro.

Bueno, volver al colegio también tenía sus cosas buenas: vería a Susana, al Orejones … Al Orejones, lo llevaba viendo todo el verano, qué plasta.

Ahora mi abuelo soplaba para dentro y para fuera. Me di cuenta de que se había acostado sin quitarse la gorra. Eso le pasaba cuando le ha ocurrido algo importante; se olvida de quitarse la gorra. Bueno, así tendría abrigada la cabeza. Es que mi abuelo ni tiene dientes, ni tiene pelos en la cabeza. Como habrás comprobado, en la lengua tampoco.

Creo que me estaba empezando a dormir cuando

4f. **el hogar de(l) pensionista:** Seniorentagesstätte.
6 **menos mal que:** zum Glück / ein Glück, dass.
8 **soplar:** schnaufen, keuchen.
16 **el plasta** (fam.): Nervensäge.
21 **abrigar:** hier: zudecken, warm halten.
22 **no tener pelos en la lengua** (fig.): kein Blatt vor den Mund nehmen; nicht auf den Mund gefallen sein.
23 **comprobar:** hier: feststellen.

me di cuenta de que yo tenía algo en la mano. Era el cuerno de la trenca. No lo había soltado en toda la tarde. Mi madre me lo cosería al día siguiente, podía estar tranquila.

Había vivido el año más importante de mi vida, pero daba igual. Ya nadie me libraría del colegio, ni del invierno, ni de la trenca. Eso era lo peor, ya nadie me libraría de la trenca.

6 **daba igual:** das war egal, einerlei.
librar a alg. de algo: jdn. von etwas befreien, vor etwas retten.

Vaya diagnóstico más idiota

Dice la Susana que, cuando una persona de España va al psicólogo, es porque ya la han echado de todas partes, que antes te mandaban a una isla bastante desierta, pero que ahora, con la cantidad de chinos que hay en el mundo, ya no hay islas desiertas, y por eso tienen que existir los psicólogos.

Estas teorías se las aguantamos porque es una chica; si llega a ser un chico, le hacemos morder el polvo, *descarao*.

Nos lo dijo al Orejones López, mi mejor amigo (aunque sea un cerdo traidor), a Yihad, el chulito de

1 **vaya** (+ sust.): was für ein/e …, so ein/e …
el diagnóstico: Diagnose, Befund.
5f. **la isla desierta:** einsame Insel (*desierto/a:* verlassen, ausgestorben, menschenleer).
9 **aguantar algo a alg.:** jdm. etwas abnehmen, durchgehen lassen.
10 **si llega a ser un chico:** wenn sie ein Junge wäre.
hacer morder el polvo a alg. (fig.): jdn. ins Gras beißen lassen, umlegen.
11 **el descarao:** *el descarado:* unverschämter Kerl, Frechdachs.
13 **Yihad:** zuerst Manolitos größter Feind, dann einer seiner engsten Freunde. Yihad (arabisches Konzept des heiligen Kriegs, der von spiritueller bis zu physischer und sogar politischer Auseinandersetzung reicht) repräsentiert die starke Einwandererwelle der Muslime vor allem aus den Ländern des Maghreb in den spanischen Großstädten und in Andalusien während der 90er Jahre.

mi barrio, y a mí, que como ya te he dicho mil veces, soy Manolito Gafotas. Y nos lo dijo cuando estábamos esperando a que nos recibiera la psicóloga del colegio, a que nos recibiera uno a uno, porque a los tres juntos no nos aguanta nadie, porque de aquí a tres años lo más tardar vamos a acabar siendo unos delincuentes. Eso no lo digo yo, lo dice mi *sita* Asunción que, además de maestra, es futuróloga porque ve el futuro de todos sus alumnos. No le hace falta ni bola de cristal ni cartas: te hinca los ojos en la cabeza y te ve dentro de muchos años como uno de los delincuentes más buscados de la historia o ganando un Premio Nobel detrás de otro. Ella no tiene término medio.

Al Orejones, como sus padres se han separado, le ha llevado su madre a la psicóloga para que no tenga un trauma terrible y de mayor no se haga un asesino bastante múltiple; a Yihad, porque dice mi *sita* Asunción que es un problemático y un chulo desde que se levanta y porque un día mandó mi *sita* dibujar a nuestros padres y Yihad dibujó a su madre con bigote y a su padre con cuernos, y a mi *sita* no le gusta que las

6 **lo más tardar:** spätestens.
6f. **el delincuente:** Verbrecher, Straftäter.
7 **la sita:** *la señorita:* Fräulein (so reden viele Primarschüler in Spanien ihre Lehrerin an).
9f. **la bola de cristal:** Kristallkugel.
10 **hincar:** hier: weit aufmachen.
13 **el término medio:** Durchschnitt, Mittel; hier (fig.): Mittelmaß, -weg.
16f. **el asesino bastante múltiple** (hum.): etwa: massenhafter Mörder (*el asesino múltiple:* Massenmörder).
20 **el bigote:** Schnauzbart.

madres salgan en los dibujos sin haberse depilado. A nosotros nos hizo mucha gracia, mucha, mucha; si hubiera habido un Festival de Eurovisión de dibujos de familias, fijo que se hubiera llevado el primer premio. Pero la *sita*, que siempre tiene que jorobar los mejores momentos Nescafé, le quitó el dibujo, se lo guardó la tía y llamó a sus padres para verles al natural el bigote y los cuernos. El bigote a la madre se le veía un poco, pero los cuernos al padre nada, qué chasco. Lo digo por si a alguien le importa.

1 **depilarse:** sich enthaaren.
4 **fijo que** (fam.): sicher …, hundertpro …
9 **qué chasco** (m.): so ein Reinfall, so eine Enttäuschung.

Mi madre me llevó a la psicóloga, que aunque se llama la *sita* Espe, dice todo el rato: «Llámame Esperanza», pero eso en mi colegio no cuela; si te llamas Esperanza serás hasta que te mueras la *sita* Espe, y si no, no haber nacido, se siente.

Mi madre me llevó a la psicóloga porque no paro de hablar y ella dice que le pongo la cabeza modorra y que, cuando no estoy hablando, se me va la olla a Camboya, o sea, que me quedo colgarrón. Todo eso dice mi madre de mí, por eso me llevó a la psicóloga. Se ve que pensó: «Lo que hable con ella no tendrá que hablarlo en casa.» Pero se equivocó. Sólo fui dos veces a la psicóloga y, cuando llegué a casa, tenía todavía más ganas de hablar porque, como decía mi abuelo: «Al niño se le quedan los temas en el tintero.»

Era fabuloso ir a la *sita* Espe. Di que entré y pregunté con toda la educación que me han dado:

– ¿Qué tengo que hacer, *Sita* Espe?

Me repitió que no era *sita* y que no era Espe, pero

3 **colar:** hier (fam.): durchkommen, durchgehen.
5 **no haber nacido, se siente** (fam.): etwa: tja, dann wärst du besser nicht auf die Welt gekommen.
8 **irsele a uno la olla** (loc.): geistesabwesend sein, sich leicht ablenken lassen (auch: ausflippen); die Redewendung wird hier für den Reim um *a Camboya* (Kambodscha) erweitert.
9 **quedarse colgarrón, -ona** (aum.): *quedarse colgado/a:* weggetreten sein, neben sich stehen.
15 f. **quedarsele algo a alg. en el tintero** (loc.): etwas zu erwähnen vergessen (*el tintero:* Tintenfass).
17 **di que entré** (fam.): etwa: ich kam da also rein …

no sirvió para nada, porque cuando yo me acostumbro mentalmente a algo es muy difícil que yo sea de otra manera. Eso es lo que me pasa con el Imbécil: «No llames a tu hermanito Imbécil», me dice toda España; pero yo no lo hago por insultar, lo hago porque ya ni me acuerdo de su nombre verdadero.

La *sita* Espe me dijo que allí en su despacho estaba para contarle todos mis problemas. Yo le pregunté:

– ¿Quiere que se los cuente desde el día en que nací?

Yo se lo pregunté porque me gusta dejar las cosas claras desde el principio de los tiempos. Y porque soy un cachondo, la verdad. Pero a la *sita* Espe le daba igual, ella quería saber todo lo que yo le contara, y me dijo que me tomara todo el tiempo que yo quisiera, que ella estaba para escucharme. Yo pensé: «¡Cómo mola!» Antes de empezar a contar la historia de mi vida, le pregunté:

– ¿Se puede fumar?

Me miró con cara de haber visto de repente a un monstruo de la creación, y me dijo la tía que los niños no fuman. Qué lista. Le tuve que decir que había sido una bromita de las mías para que cerrara la boca, porque se le había quedado bastante abierta a la pobrecilla *sita* Espe. Me dio tanta pena que se creyera esa broma tan tonta, una broma que ya se la saben mi madre y la *sita* Asunción, una broma que nunca se la ha creído nadie y que a nadie le ha hecho gracia; me dio

5 **insultar:** beleidigen, beschimpfen.
7 **el despacho:** Büro, Sprechzimmer.
12 **el cachondo** (fam.): Witzbold.
22 **la bromita** (dim.): *la broma.*

tanta pena, que le empecé a contar la historia de mi vida.

Empecé por cuando mis padres pidieron un crédito para comprarse el camión y le pusieron de nombre *Manolito*, en homenaje a ese niño que no se decidía a venir del limbo de los muertos, que es donde están esperando todos los niños flotando antes de nacer. Esto último me lo dijo Yihad; me dijo que él se acuerda todavía de cuando estaba en el limbo de los muertos. Estás allí flotando, pasando de todo, y un día va una mano de un tamaño bastante gigantesco y dice: «Tú – dice *tú* porque en esos momentos nadie tiene nombre –, te ha tocado.»

Y a partir de ahí, te trasladas astralmente a un quirófano de un hospital y un médico te da una torta en el culo. ¿Por qué? Porque has nacido. Desde ese momento crucial, empieza tu vida en Carabanchel o en Hollywood, depende de donde te lleve la mano de tamaño gigantesco. A mí la mano me llevó a Carabanchel. Te aconsejo que no te lo creas del todo, porque el chulito de Yihad siempre viene con historias de éstas

6 **el limbo de los muertos:** katholisches Konzept, demzufolge noch ungeborenes Leben und ungetauft gestorbene Kinder im Limbus schweben; hier (hum.) etwa: noch in Adams Wurstkessel schwimmen (*flotar:* schwimmen, treiben; schweben).
10 **pasar de todo** (fam.): sich für nichts interessieren, auf nichts Lust haben.
11 **el tamaño:** Größe, Format, Umfang.
13 **tocarle a alg.:** dran sein, an der Reihe sein.
14 **trasladarse a:** sich begeben zu, übersiedeln nach.
astralmente: etwa: sternenartig, -mäßig.
14f. **el quirófano:** Operationssaal.
15 **la torta:** hier (fam.): Klaps.

para tirarse el rollo; yo te aviso, y el que avisa no es traidor.

Bueno, pues a lo que iba, que de repente nací; le conté que a mi madre le tuvieron que hacer una operación a vida o muerte para que yo naciera, porque al parecer yo tenía la cabeza lo que se dice un poco gorda. Esto le gusta mucho contarlo a mi madre para dejarme a mí en ridículo.

1 **tirarse el rollo** (fam.): große Töne spucken, aufschneiden.
yo te aviso: etwa: ich hab dich gewarnt.
3 **a lo que iba:** worauf ich hinaus wollte.
5f. **al parecer:** anscheinend.
7f. **dejar a alg. en ridículo:** jdn. lächerlich machen, bloßstellen.

Le conté que, hasta los tres primeros meses, me hice famoso porque no dejaba dormir a nadie en mi escalera de tanto como lloraba, y que un día, de tanta risa como me dio, perdí el conocimiento. Le conté que mi madre dice: «Éste – éste soy yo – nació hablando.»

Bueno, le conté todo lo que me sabía hasta los tres o cuatro días. Entonces la *sita* Espe, con cara como de no haber salido del limbo de los muertos, me dijo que ya me podía ir y yo le dije:

– ¿Por qué, *sita* Espe, es que no estoy contando bien los detalles?

– Lo estás contando todo estupendamente – me dijo la *sita* Espe –, pero es que ya ha pasado una hora y media.

¡Una hora y media! Se me había pasado volando. Creo que esa hora y media fue la hora y media más feliz de mi vida. La *sita* Espe me dijo adiós bostezando. Mi madre diría: «Eso es hambre, sueño o falta de sueño.» Sería hambre.

Yo estaba muy contento, me había lucido. Le había contado las cosas como en las películas, desde antes de que nazca el protagonista. Hasta le conté cuando mis padres cerraron la terraza con aluminio visto para que pudiéramos dormir allí mi abuelo y yo, que es una cosa de la que hablan mucho las amigas de mi madre,

16 **pasar volando:** wie im Flug vergehen.
18 **bostezar:** gähnen.
19 **la falta:** hier: Mangel, Fehlen.
21 **lucirse:** sich hervortun, ins beste Licht stellen.
23 **hasta:** hier: sogar.

de cuando cierran las terrazas y de cuando acuchillan el parqué. La *sita* Espe me dijo que volviera la semana siguiente.

Durante toda esa semana empecé a anotar todas las cosas de las que me acordaba de los tres años a los ocho. Le preguntaba a mi abuelo, a mis padres, a la Luisa y a todas las personas que tienen la suerte de conocerme desde que nací. Se me acabó el cuaderno en dos días. Mi madre me compró otro de dos rayas, porque le dije que era necesario para las clases con la *sita* Espe.

Cuando volví al despacho de la *sita* Espe, llevaba tres cuadernos de dos rayas sobre mi vida y toda su problemática. A cada cuaderno le había puesto un título. El primero iba de los tres a los cinco años y lo titulé:

Mi vida sin el Imbécil

Este cuaderno trataba de cómo era el mundo antes de que al Imbécil se le ocurriera venir del limbo de los muertos, de lo buenas que eran las personas: todo lo pedían por favor, no había secuestros, las motos llevaban silenciador, no había hambre en África y no había salido la gotera del cuarto de baño que a mi madre le

1 f. **acuchillar el parqué:** den Parkettboden (ab)schleifen.
4 **anotar:** aufschreiben, notieren.
13 **de dos rayas:** mit Doppellinien (gemeint ist hier ein liniertes Heft für Primarschüler).
19 **se le ocurriera** (subj.): es fiel ihm ein, kam ihm in den Sinn.
21 **el secuestro:** Entführung.
22 **el silenciador:** Schalldämpfer.
23 **la gotera:** Wasserflecken.

hace sufrir tanto. Cuando el Imbécil o yo estamos llorando mi abuelo nos dice:

– La gotera del váter la hace el de arriba, que siempre se mea fuera.

Nos dice eso porque el tío sabe que, por mucho que estemos llorando, nos tenemos que tirar inmediatamente al suelo de la risa que nos da. Mi madre se pone negra y le dice a mi abuelo:

– Sólo les falta a éstos que les digas cochinadas, con lo cochinos que son ellos de por sí.

Antes de que existiera el Imbécil, yo no era tan cochino, te lo juro; pero un buen día descubres que cuando más se ríe tu hermano es cuando dices una cochinada, y entonces te emocionas con la esperanza de matarlo de risa.

No sé si esto último de la gotera del váter se lo conté a mi *sita* Espe, porque en la segunda clase que estuve con ella sólo me dio tiempo a leerle el primer cuaderno. Mientras estaba leyendo, me daba la impresión algunas veces de que la *sita* Espe daba cabezadas, como hace mi abuelo después de comer, porque está de la próstata. Le pregunté a la *sita* Espe si daba cabezadas porque estaba de la próstata. Me dijo que no daba cabezadas (sí las daba, que conste), que no estaba de la próstata, que ninguna mujer estaba de la próstata,

4 **mear(se) fuera** (vulg.): daneben pissen.
6f. **tirarse al suelo:** sich auf den Boden werfen, umfallen.
7f. **ponerse negro/a** (fam.): böse, stocksauer werden.
9 **una cochinada:** Schweinerei, Unanständigkeit.
10 **de por sí:** (schon) von selbst, aus eigenem Antrieb.
12 **jurar algo a alg.:** jdm. etwas schwören.

que la hora se había terminado y que no hacía falta que volviera.

La *sita* Espe no me encontró traumas. Yo creo que no me miró bien. Le dijo a mi madre que lo único que yo tenía eran ganas de hablar, muchas ganas de hablar, que me moría por hablar y que eso más que una enfermedad es una pesadez que uno tiene, como la pesadez de estómago. Vaya diagnóstico más idiota, así también hago yo diagnósticos, no te joroba.

La *sita* Espe le dijo a mi madre que lo que hacía falta es que me escucharan un poquito en casa. Mi madre le dijo:

– ¿¿¿Más???

Yihad me dijo en el recreo que la *sita* Espe se ha quitado de encima el marrón de aguantarme dos horas a la semana. Él presume porque a él no lo ha echado. Sólo a mí. Sólo a mí. Si no tuviera gafas, igual me habría pegado con él; pero estoy harto de cobrar por las dos partes, por la de Yihad y por la de mi madre cuando ve las gafas rotas. Yo soy de los partidarios de

7 **la pesadez:** hier: Schwere, Druck(gefühl).
8 **el estómago:** Magen.
9 **no te joroba** (fam.): etwa: das sag ich dir; verlass dich drauf.
14f. **quitarse de encima el marrón** (fig.): etwa: den schwarzen Peter loswerden (*el marrón:* hier: Strafe, lästige Aufgabe).
16 **presumir:** hier: annehmen, schätzen.
17 **igual** (adv.): womöglich, vielleicht.
18 **pegarse:** sich prügeln.
18f. **cobrar por las dos partes** (fam.): doppelt einkassieren, es zweifach abkriegen.
20 **el partidario / la partidaria:** Befürworter(in), Anhänger(in).

poner la otra mejilla. Dice mi padre: «Tú lo que tienes que hacer es enfrentarte si te pegan.»

¿Para cobrar otra vez? De eso nada, monada.

Bueno, lo de la *sita* Espe no me ha sentado nada bien, la verdad. Tú imagínate que vas a hacerte un análisis de orina, recoges el resultado y lees:

«Es usted un plasta», firmado: el doctor Martínez.

Eso duele. A mi madre también ha debido de sentarle mal, porque dice:

– Me va a contar a mí la tía esa que yo no escucho a este niño. Si no me deja ni poner una lavadora de color.

Al final me tuve que poner a llorar; tú habrías hecho lo mismo. Mi madre me dijo esta tarde que, por la noche, todos me iban a escuchar para que ningún extraño fuera diciendo por ahí que en mi casa nadie me escuchaba.

Vinieron todos a mi habitación hace un rato. Yo estaba un poco cortado, la verdad. Mi abuelo, acostado en la cama de al lado. Mi madre, sentada en la mía con el Imbécil en brazos. Mi padre se tumbó directamente. Me dijeron:

1 **poner la otra mejilla:** die andere Wange hinhalten.
2 **enfrentarse:** die Stirn bieten.
3 **de eso nada, monada:** etwa: behüte, kommt nicht in die Tüte! (*monada:* Süße[r]).
4f. **no me ha sentado nada bien** (fam.): es hat mir überhaupt nicht gepasst.
6 **el análisis de orina** (f.): Urinprobe.
recoger: hier: abholen.
11 **poner una lavadora de color:** eine Buntwäsche anstellen.
14f. **el extraño / la extraña:** Fremde(r).
20 **en brazos:** in den Armen.

– Habla.

Joé, a mí no me gusta improvisar: cogí mis dos cuadernos y empecé a leérselos. Cuando iba por el segundo, me interrumpieron los ronquidos de mi padre. El tío ronca que parece una morsa. Luego no sabía qué hacer porque me habían invadido la cama: no podía ni estirarme, así que me he venido a la cama de mis padres, y los he dejado allí apelotonados. Eso sí, les he apagado la luz, les he quitado la radio y les he tapado con la colcha de mi abuelo. Seguro que mañana mi madre se despertará diciendo que le duelen todos los huesos de su cuerpo corporal. Ah, se siente. Eso les pasa por no escuchar la historia de mi vida hasta el final. Voy a empezar a pensar que mis cuadernos aburren hasta a las ovejas.

Igual mañana me cae una bronca. No sé por qué, pero seguro que me cae. Eso se presiente igual que cuando te va a caer un cero en un examen. Dice la Susana que cuando a una persona la han echado ya de todas partes, entonces la llevan al psicólogo, y que antes los llevaban a las islas desiertas. Si yo tuviera que

4 **los ronquidos:** Schnarchen, Geschnarche (meistens Plural).
5 **roncar:** schnarchen.
la morsa: Walross.
6 **invadir algo:** einfallen, eindringen in.
7 **estirarse:** sich (aus)strecken, dehnen.
8 **apelotonado/a:** zusammengeknäult, aufeinandergetürmt.
9 **tapar:** zudecken, bedecken.
10 **la colcha:** Bettdecke.
12 **el cuerpo corporal:** typische Verdopplung Manolitos; etwa: das Körperbaugestell.
16 **igual mañana me cae una bronca:** morgen bin ich sowieso fällig.
17 **presentir:** (voraus)ahnen.

elegir entre la *sita* Espe y una isla desierta, me quedaría ... con la cama de mis padres. Es la cama desierta más grande que he visto en mi vida y eso que sólo es de 1,35, de matrimonio cariñoso. Aunque eso de matrimonio cariñoso, según mi madre, es un decir.

4 **el matrimonio cariñoso:** zärtliches (verliebtes) Ehepaar.

El capitán Merluza

Hace unos días no fui al colegio, porque mi padre y yo tuvimos hora con el oculista por culpa de ese niño fuera de la ley que es el capitán Merluza. Fueron unos días terroríficos en los que se mascó la violencia en mi vida. Me gustaría que Rambo se viera en las terribles situaciones en las que yo me he visto. Se le iba a poner el rabo entre las piernas al tío ese.

Te lo voy a contar desde el principio de los tiempos: di que el otro día estoy tan tranquilo en el parque del Árbol del Ahorcado, que lo llamamos así porque sólo

1 **el capitán Merluza:** eigentlich: der Seehecht; *el capitán Merluza* ist eine Anspielung auf die umgangssprachliche Bedeutung von »merluza«, nämlich ›Schwips‹, ›Rausch‹. In der deutschen Übersetzung wird das Wortspiel mit »Kapitän Sternhagel«, der eben nicht gerade ein Experte in Sternkunde ist, übersetzt.

3 **tener hora con:** einen Termin haben mit/bei.
el/la oculista: Augenarzt/Augenärztin.

3f. **fuera de la ley:** gesetzlos.

4f. **unos días terroríficos:** Tage des Schreckens (*terrorífico/a:* schreckenerregend, schrecklich).

5 **mascarse:** spürbar sein.

6 **Rambo:** Action-Filmserie mit Sylvester Stallone als muskelbepackter Kämpfer für Gerechtigkeit und Ordnung.

7f. **ponerse el rabo entre las piernas** (fam.): den Schwanz einziehen.

11 **el Árbol del Ahorcado:** etwa: der Galgenbaum (*ahorcarse:* sich erhängen).

tiene un árbol que tiene muy buena pinta para ahorcarse, un árbol del lejano Oeste, y estaba con el Orejones López jugando a la trompa carnicera, cuando va y llega sin previo aviso el chulito de Yihad, me pone un pie en la trompa – en la trompa carnicera, no en la mía – y me dice:

– Ahora vamos a jugar a que yo era el capitán América – después de esta orden tajante señaló al Orejones y dijo también –, éste era la chica y Manolito, el traidor asqueroso, y yo me peleaba con él a vida o muerte, me quedaba con la chica y Manolito se quedaba tirado en el suelo con la cabeza abierta.

Así es Yihad, a él le gusta que las bases del juego queden claras desde el principio.

La verdad es que viendo que me las iba a llevar de todos los colores, dije:

– Pues casi prefiero ser yo la chica.

1 **tener muy buena pinta para** (fam.): hier: geradezu dafür geschaffen sein zu.
2 **el Lejano Oeste:** der Wilde Westen.
3 **jugar a la trompa carnicera:** mit einem Holzkreisel spielen (*la trompa*, fam.: Pimmel, Zipfel; daher das Wortspiel *no en la mía*).
4 **sin previo aviso:** ohne Vorankündigung/Vorwarnung.
7f. **el capitán América:** Superheld der Marvel Comics von Jack Kirby und Joe Simon. Die ersten Comics mit Captain America erschienen 1941 und spielten vor dem Hintergrund des Zweiten Weltkriegs.
8 **tajante:** schroff.
9 **éste era …:** der da ist … (Rollenverteilung bei Kinderspielen).
10f. **a vida o muerte:** auf Leben und Tod.
12 **con la cabeza abierta:** mit einem Loch im Kopf.
13 **las bases del juego:** Spielregeln.
15f. **llevárselas de todos los colores** (fig.): etwa: einem an den Kragen gehen.

El sucio cobarde del Orejones estaba encantado con el papel que le había encasquetado Yihad.

– No, de chica hago yo, porque hacer de chica en este juego me sale chachipé, como para ganarme el Oscar de Hollywood a la mejor actriz secundaria.

Le miré con los ojos bastante inundados de odio y se me ocurrió preguntar:

– ¿Y por qué no dejamos el juego para mañana? Es que tengo que prepararme psicológicamente.

Ni por ésas. El chulito de Yihad contestó:

– Ahora.

El Orejones se puso a gritar en su papel de princesa atacada, como si le hubieran dado cuerda, y yo salí corriendo como si fuera a ganar los cien metros lisos. Yo soy de esa clase de tíos a los que les gusta pelearse en plan retirada. Pero en esta vida, las personas se dividen en dos grandes grupos: los que ganan las carreras y los que las pierden. Yo soy de los segundos. El chuli-

1 **el cobarde:** Feigling.
2 **encasquetar algo a alg.** (fig.): jdm. etwas verpassen, aufhalsen.
3 **hacer de algo:** etwas spielen, sein.
4 **me sale:** hier: (das) kann/mach ich, gelingt mir.
chachipé (inv., fam.): *chachi:* super, toll.
5 **la mejor actriz secundaria:** beste weibliche Nebenrolle (*el actor secundario:* Nebendarsteller).
6 **inundado/a de odio** (m.): hasserfüllt, gehässig.
10 **ni por ésas:** von wegen!
13 **dar cuerda a alg.** (fam.): jdn. antreiben, animieren (*la cuerda:* Schnur, Leine).
14 **los cien metros lisos** (pl.!): Hundertmeterlauf.
15 f. **en (plan) retirada:** auf dem Rückzug (*la retirada:* Rückzug, -tritt).
17 **la carrera:** hier: Wettlauf, -rennen.

to de Yihad me cogió por la capucha de la trenca y me dijo:

– Defiéndete, Gafotas. Tienes la oportunidad de pelearte con el tío más bestia de la clase, que soy yo.

Bueno, visto así era una suerte. Está claro que no es lo mismo presumir de que te ha puesto el ojo morado Rambo a tener que confesar que ha sido Piolín el que te ha hecho besar la tierra.

Yo con las manos no podía defenderme, porque todo mi cuerpo estaba paralizado por la emoción intensa de ese momento crucial de mi vida, así que tuve que defenderme con la boca, que es lo único que me responde cuando estoy a punto de morir degollado. Cuando digo que me defendí con la boca no quiero decir a mordiscos, no seas bestia, quiero decir hablando:

– Es que yo era el rey y al rey nadie le puede pegar, porque está prohibido por la Constitución; así que si me pegas, tus huesos irán a parar a la cárcel y todo el pueblo español estará en contra de ti.

Tienes que reconocer que si se hiciera en el planeta

1 **la capucha:** Kapuze.
4 **el tío bestia** (fam.): brutaler Kerl (*el bestia:* Rohling, Rüpel, Grobian).
6 **poner el ojo morado a alg.:** jdm. ein blaues Auge hauen.
7 **Piolín:** Tweety, das süße Vögelchen der Looney Tunes, das der Kater Sylvester jagt.
10 **paralizar:** lähmen.
13 **responder:** hier: reagieren.
degollar: köpfen, enthaupten.
18 **la Constitución:** die Verfassung.
19 **ir a parar a la cárcel:** im Gefängnis enden, landen.

un concurso mundial de frases, la mía quedaría por lo menos finalista. Pero a Yihad no le impresionan las grandes frases; él es el clásico tipo duro, duro de roer:

– Una mierda vas a ser tú el rey; los reyes no pueden llevar gafas y, cuando nacen con gafas, los mandan al extranjero y ponen a otro.

Eso sí que no me lo esperaba. Mi padre me había contado que él se había librado de la mili por las gafas, pero no sabía que por las gafas no pudieran llegar a rey, una profesión, por cierto, en la que yo nunca había pensado, pero que en aquellos momentos me parecía la única profesión que merecía la pena en este

1f. **quedar finalista:** ins Finale / in die Endauslosung kommen (*el/la finalista:* Finalist[in]).

3 **duro/a de roer** (fig.): ein harter Knochen (*roer:* [ab]nagen, [ab]kauen).

8 **librarse de la mili** (fam.): dem Militärdienst entkommen.

9f. **llegar a rey:** König werden.

12 **merecer la pena:** die Mühe wert sein, sich lohnen.

mundo, si es que me servía para quitarme de encima a un tipo peligroso como Yihad.

Un día vi en la televisión a un tío que contaba que, una vez, iba en un avión tan tranquilo, cuando de repente va el piloto y anuncia por los altavoces que los motores están fallando y que tienen que hacer el clásico aterrizaje forzoso. El tío, que era un americano pero no era un actor, contaba que mientras el avión se iba cayendo en picado, él pensó: «Éstos son los últimos momentos de mi vida» y, entonces, todo lo que había hecho desde que nació le empezó a pasar por su mente, como una película. Bueno, pues a mí me pasó igual, pero al contrario; en los instantes en los que el bestia de Yihad me sujetaba por la trenca y yo estaba a punto de caer con la cabeza abierta en el suelo, mi vida me pasó como una película, pero en vez de hacia atrás hacia delante. Vi mi futuro, veía días completos dentro de mi cerebro, pero pasaban a una velocidad tan grande que casi no me acuerdo de nada. Sólo de dos cosas: que yo llegaba a rey y que mi familia y yo salíamos por las noches en la televisión después del telediario, igual que salen ahora los reyes de España.

5 **el altavoz:** Lautsprecher.
6 **fallar:** hier: ausfallen, versagen.
7 **el aterrizaje forzoso:** Notlandung.
9 **en picado:** im Sturzflug (*el vuelo en picado:* Sturzflug).
12 **la mente:** Sinn, Verstand.
13 **el instante:** Moment, Augenblick.
14 **sujetar a alg. por algo:** jdn. an etwas festhalten.
18 **el cerebro:** (Ge-)Hirn.
la velocidad: Geschwindigkeit, Tempo (*a gran velocidad:* mit hoher Geschwindigkeit).

En mi foto estaba yo en el centro, con la capa típica de los reyes y la corona un poco de lado, que es como me gusta a mí llevar las coronas; a mi lado estaba mi abuelo con el traje de los domingos y, de pie, mis padres con el Imbécil en brazos de mi madre. Estábamos todos muy sonrientes y sonaba el himno de España: «¡Chunda, chunda, tachunda chunda, chunda, tatachundachún. Tachunda chundachún …!» Pero Yihad me agarró más fuerte del cuello y mi mente tuvo que regresar a la realidad.

Así que Yihad decía que los reyes no podían llevar gafas. Menos mal que tengo reflejos y le reté:

– Eso es mentira, mira el rey Balduino.

Eso es lo que se llama un golpe bajo. Yo me acordaba del rey Balduino porque mi vecina la Luisa dice que lloró intensamente cuando murió Balduino, el rey de Bélgica. Ella veraneaba en Motril, como su majestad, y dice que era muy buena persona, porque se había casado con una española que tenía nombre de actriz, Fabiola, pero que la pobre era de esas españolas

1 **la capa:** Umhang, Cape.
6 **sonar:** hier: erklingen, ertönen.
el himno: Hymne.
7 **chunda, chunda …:** tschinderassa, tschinderassa … (Klang der Blasmusik).
9 **agarrar:** packen, (er)greifen.
el cuello: hier: Kragen.
12 **el reflejo:** Reflex, Reaktionsfähigkeit.
retar a alg.: jdn. herausfordern.
13 **el rey Balduino:** König Balduin von Belgien (1930–93); er war mit der spanischen Aristokratin Fabiola de Mora y Aragón verheiratet.
17 **veranear:** den Sommer(urlaub) verbringen.

que no salen muy guapas. Dice la Luisa que en Motril vivían puerta con puerta. Mi madre siempre cuchichea detrás de ella: «Sí, puerta con puerta. Pues anda que no tiene ésta imaginación.»

Yihad empezaba a estar del rey Balduino y de sus gafas hasta las narices. Me dijo:

– ¿Sigues queriendo ser rey, Gafotas?

Me llamaba Gafotas a cada momento. Yo tuve una equivocación histórica y le contesté que sí. No te creas

1 **que no salen muy guapas:** die nicht sehr hübsch (geraten) sind.
2 **puerta con puerta:** Tür an Tür.
2f. **cuchichear:** tuscheln, flüstern.
3f. **Pues anda que no tiene ésta imaginación.:** etwa: Na, die hat vielleicht Phantasie!
5f. **estar hasta las narices de algo** (fam.): von etwas die Nase voll haben.
8f. **una equivocación histórica:** historischer Irrtum.

que me avisó, me dio un puñetazo en todo el cristal derecho de las gafas y se dio media vuelta para irse diciendo:

– Misión cumplida.

Se ve que hay niños que tienen como misión pegarme a mí un puñetazo en el parque del Ahorcado. En ese momento doloroso de mi vida, vi cómo mi abuelo se acercaba, así que pensé que mi retaguardia estaba protegida y le grité al chulito de Yihad:

– ¡Nunca serás el capitán América! ¡Lo único que puedes ser en tu vida es el capitán Merluza! ¡Todo el mundo te conocerá como el capitán Merluza!

Es que a su padre todos los del bar El Tropezón le llaman Merluza, y no precisamente porque sea pescadero.

Esto le debió de doler tanto como a mí el puñetazo, porque se volvió y, delante de mi abuelo, me quitó las gafas y me las tiró con tanta puntería que se quedaron colgando del Árbol del Ahorcado.

Mi abuelo no pudo salir corriendo detrás de él por-

1 **el puñetazo:** Faustschlag.
2 **darse media vuelta:** sich umdrehen (*la vuelta:* hier: [Um-]Drehung, Wendung).
4 **misión cumplida:** Auftrag erledigt.
5f. **pegar:** hier: verpassen, versetzen.
8 **la retaguardia:** Nachhut.
13 **el tropezón:** Stückchen Speck oder Schinken, das man in die Suppe oder unter das Gemüse mischt. In der deutschen Übersetzung wird die Bar mit »Zum Cocktailwürstchen« übersetzt.
14 **no precisamente:** eben/eigentlich nicht.
14f. **el pescadero:** Fischhändler.
18 **la puntería:** Treffsicherheit, Zielgenauigkeit.

que como está de la próstata pues, es como el que tiene un tío en Alcalá, que ni tiene tío ni tiene na. Las gafas estaban tan altas que tuvimos que bajarlas a base de tirar piedras.

Así que nos volvimos a casa. Mi madre primero me abrazó cuando vio cómo me había puesto el ojo y luego me dio una colleja cuando vio cómo me habían puesto las gafas. Mi abuelo gritaba:

– No le des tú también, que ya ha recibido bastante por hoy.

Total, que por la noche ya estaban todos consolándome y contándome las películas, porque yo sin las gafas no veo ni un pijo.

De repente, sin previo aviso, mi padre se remanga la camisa y suelta:

– Manolito, te voy a enseñar el típico golpe García para que ni el hijo del Merluza ni ningún otro hijo de su padre vuelva a hacerte morder el polvo.

No es porque sea mi padre, pero el típico golpe García es alucinante. Primero me dio una clase teórica:

– Tienes que hacerle creer a tu enemigo que le vas a

1 f. **es como el que tiene un tío en Alcalá, que ni tiene tío ni tiene na:** (loc.): etwa: das nützt überhaupt nichts, hilft gar nichts (*na: nada*).
3 **bajar algo:** etwas herunterholen, -bringen.
3 f. **a base de tirar piedras:** indem wir Steine warfen.
13 **no veo ni un pijo** (vulg.): blind sein wie ein Maulwurf (*el pijo*, fam.: Bagatelle, Kleinigkeit).
14 **remangar:** aufkrempeln.
15 **soltar algo:** hier (fam.): etwas von sich geben, vom Stapel lassen.
20 **ser alucinante** (fam.): sagenhaft / der Hammer sein.
20 f. **la clase teórica:** Theoriestunde.

dar con la izquierda y, cuando se va a defender el flanco izquierdo, tú le pegas un tremendo derechazo.

Era el mejor golpe que había visto en mi vida. Sólo hicieron falta tres clases teóricas más, porque a la cuarta me dijo:

– Ahora, Manolito, demuestra de lo que es capaz un hijo de Manolo García.

Era mi primer puñetazo profesional.

Le rompí las gafas. No sé cómo hice para romperle los dos cristales a la vez. Misterios sin resolver. No se me ocurrió otra cosa que preguntar:

– ¿Cómo lo he hecho?

Mi padre contestó muy bajito, muy bajito:

– Vete a la cama, Manolito, antes de que me entren ganas de devolvértelo.

Me fui corriendo a la cama, me tapé toda mi supercabeza con las sábanas y pensé: «Ojalá cuando me despierte hayan pasado por lo menos dos meses, después de este día maldito.» Pero las orejas me seguían funcionando y podía oír a mi madre decirle a mi padre por el pasillo:

1 f. **el flanco:** Flanke, Seite.
2 **el derechazo:** Rechtshaken, Rechte.
10 **Misterios sin resolver:** US-amerikanische Fernsehserie (*Unsolved Mysteries*), die in den 90er Jahren von Tele 5 in Spanien übernommen wurde.
13 **muy bajito** (dim.): ganz, ganz leise.
15 **devolver algo a alg.:** jdm. etwas zurückgeben; hier (fig.): jdm. etwas heimzahlen.
17 **la sábana:** (Bett-)Laken.
19 **maldito/a:** verdammt, verflucht.

– ¡Os habéis propuesto hacer millonario al de la óptica!

Esa noche le dije a mi abuelo que me quedaría durmiendo con él toda la santa noche. Es que me da miedo dormir sin gafas. Cuando me da por tener un día de mala suerte, soy capaz hasta de tropezarme en sueños, ya me ha pasado más de una vez. Cuando estaba en la cama, me empezó a picar todo el cuerpo. Siempre me pasa eso cuando estoy nervioso, y me tengo que rascar y rascar, igual que un perro sarnoso y abandonado en mitad de una autopista.

– Como sigas rascándote así te vas a hacer sangre.

– Es que no puedo dormirme; por culpa de Yihad voy a dormir sin gafas, por culpa de Yihad le he roto las gafas a papá y encima, cuando vuelva al colegio, tendré que volver a ver a Yihad y volveré a estar atrapado entre sus garras. Me romperá las próximas gafas,

1 **proponerse** (+ inf): sich vornehmen zu.
4 **toda la santa noche** (fam.): die liebe lange Nacht.
5 **cuando me da por tener** (fam.): etwa: wenn ich (mal wieder) ... habe.
5f. **el día de mala suerte:** Unglückstag.
6 **tropezar(se):** stolpern.
6f. **en sueños:** im Traum.
8 **picar:** hier: jucken.
10 **rascarse:** sich kratzen.
sarnoso/a: räudig.
10f. **abandonar:** hier: aussetzen.
12f. **hacerse sangre:** hier: sich blutig kratzen.
17f. **atrapar:** einfangen, gefangen halten, festhalten.
18 **la garra:** Klaue, Kralle.

y las próximas, y las próximas, porque la ha tomado conmigo, abuelo.

– Cuando vuelvas mañana del oculista, arreglaremos cuentas con Yihad.

– Si tú le pegas por defenderme, me llamarán mariquita.

– No le voy a pegar, actuaré de mediador.

«De mediador.» ¿Qué era eso?

– Es algo, Manolito, que debiera haber en todas las grandes guerras, un mediador que consiga con palabras lo que no consiguen los puños y las bombas.

Me hubiera gustado advertirle a mi abuelo que a Yihad las palabras le entraban por una oreja y le salían por la otra. A Yihad le importaban un pimiento las palabras de la maestra, las palabras de su madre, que siempre le estaba riñendo, las palabras de los tebeos (él sólo ve los dibujos) y las palabras de otros niños como yo. Él sólo quiere jugar a machacarte: unas veces, en versión «capitán América» y otras, en versión «Batman»; pero el resultado es siempre el mismo: machacarte, bueno, mejor dicho, machacarme.

1f. **haberla tomado con alg.** (loc.): es auf jdn. abgesehen haben, mit jdm. verfeindet sein.
3f. **arreglar cuentas con alg.** (fig.): mit jdm. abrechnen.
5f. **el mariquita** (vulg.): Schwuler, Schwuchtel.
7 **actuar de algo/alg.:** etwas/jdn. spielen, als etwas/jd. auftreten.
10 **el mediador / la mediadora:** Vermittler(in), Schlichter(in).
14 **le importaban un pimiento** (fam.): waren ihm völlig egal/wurscht.
16 **reñir a alg.:** jdn. (aus)schimpfen.
16f. **el tebeo:** Comicheft.
18 **machacar:** zermalmen, zerquetschen; (fig.) fertigmachen.

Al día siguiente mi padre y yo fuimos al oculista. Como ninguno de los dos veíamos muy bien, cogimos un taxi. Era muy raro salir con mi padre un día de colegio por la mañana; casi siempre es mi madre la que me acompaña a todo. Lo pasamos bestial. Ir al oculista mola un pegote; me encanta que el tío te pregunte qué ves ahí y tú vas y le dices «la P y ahora la J y ahora la K». Es el único momento de tu vida en que te preguntan algo y no te la cargas por dar una respuesta que no es la correcta.

Después del oculista fuimos a desayunar a una cafetería. Yo le dije a mi padre que quería sentarme en un taburete de los de la barra, de esos que dan vueltas. Molaba tres kilos. Mi padre me dejó pedir un batido, una palmera de chocolate y un donuts. No había ningún otro niño en la cafetería, todos debían de estar aguantando a todas las *sitas* Asunción que hay en este mundo mundial. Me miré en el espejo de la cafetería para verme el peinado que me había hecho

5 **pasarlo bestial** (fam.): es sich saumäßig gutgehen lassen, einen Mordsspaß haben.
9 **cargársela** (fam.): durchfallen, durchsausen (auch: seine Strafe bekommen).
13 **el taburete:** Barhocker.
la barra: Theke.
13 f. **dar vueltas:** sich drehen.
14 **tres kilos:** hier (fam.): sehr (viel), total (lässt sich durch höhere Zahl beliebig steigern).
14 f. **el batido:** Milchshake.
15 **la palmera de chocolate:** schokoladeüberzogenes spanisches Gebäck (Schweinsohr).
19 **el peinado:** Frisur.

esa mañana; era con la raya al lado y un caracolillo como el de Supermán, y pensé: «A lo mejor creen que no soy un niño, a lo mejor piensan que, en vez de ocho años, tengo dieciocho. A lo mejor creen que mi padre y yo somos dos amigos, o dos primos hermanos. Claro que, cuando ponga los pies en el suelo, se darán cuenta de mi verdadera estatura. Entonces, a lo mejor creen que soy un enano que trabaja en un circo ...»

El camarero se acercó a mi padre y le dijo:

– Parece que el niño tiene hambre – luego me dijo a

1 **la raya:** hier: Scheitel.
el caracolillo: Löckchen.

5f. **el primo hermano / la prima hermana:** Vetter/Cousine ersten Grades.

7 **la estatura:** Gestalt, Statur; hier: Größe, Höhe.

8 **el enano:** Zwerg.

9 **el circo:** Zirkus.

mí –: Como sigas comiendo así, te vas a hacer más alto que tu papá.

Hay camareros que lo saben todo. Éste sabía que yo era un niño y que mi padre era mi padre. Debe de ser que mi cara es como un libro abierto, eso es lo que dice siempre mi madre. Está claro que no puedo engañar a nadie.

Mi padre me dejó comer otro bollo y luego me dio unas cuantas vueltas en el taburete y me prometió que un día me llevaría a hacer un viaje largo en el camión. Como verás, no me guardaba ningún rencor por haberle roto las gafas. Entonces pensé que yo tampoco tenía que guardarle rencor a Yihad, pero sí que se lo guardaba, y mucho. Todo el rencor del mundo mundial lo tenía yo en esos momentos. En eso había salido a mi madre: ella también es muy rencorosa cuando se pone.

Todo era muy raro ese día; mi padre comía en casa como si fuera domingo. La única que seguía igual era mi madre, que hizo lentejas como casi siempre. Mi abuelo siempre nos pregunta:

– ¿Por dónde nos salen las lentejas?

– ¡Por las orejas! – gritamos con todas nuestras fuerzas el Imbécil y yo.

6f. **engañar:** täuschen, hinters Licht führen.
8 **el bollo:** (Hefe-)Gebäck.
8f. **dar unas cuantas vueltas a alg.:** jdn. ein paar Mal herumdrehen.
11 **guardar rencor a alg.:** auf jdn. böse sein, jdm. etwas nachtragen (*el rencor:* Groll).
15 **salir a alg.:** nach jdm. geraten, jdm. ähneln.
16 **rencoroso/a:** nachtragend.
cuando se pone: wenn ihr danach (zumute) ist.
19 **las lentejas:** Linsen(gericht).

El abuelo me llevó al colegio, como todas las tardes, y mis padres se quedaron echando la siesta. Qué morro. Se acercaba el momento en el que mi abuelo iba a actuar como mediador en nuestra Gran Guerra. En la puerta de la escuela estaba Yihad con su abuelo. El mío me cogió de la mano y fuimos hacia ellos. Yo estaba preparado para que me dieran otro puñetazo. Bueno, por lo menos ahora no me podían romper las gafas; de momento estaban arreglándose en el oculista.

– Don Faustino – le dijo mi abuelo al abuelo de Yihad –, mire cómo le han dejado el ojo a mi nieto de un puñetazo.

– ¡Qué bestia! – dijo el abuelo de Yihad para arreglarlo. Yihad miraba para otro lado como si la conversación no fuera con él –. ¿Y no pudiste defenderte, Manolito?

– Es que el otro era más chulito – contestó mi abuelo –. Además le ha roto las gafas.

– Con lo que cuestan unas gafas – dijo don Faustino –. Si mi Yihad hubiera estado delante, seguro que le habría dado su merecido a ese macarra, ¿verdad, Yihad?

Yihad estaba muy rojo y miraba al suelo, pero dijo que sí con la cabeza. Mi abuelo se acercó mucho a Yihad y terminó la conversación diciendo:

2 **echar la siesta:** Siesta machen, einen Mittagsschlaf halten.
2f. **qué morro** (fam.): (so eine) Frechheit! (*el morro:* Schnauze, Maul).
4 **la Gran Guerra:** Weltkrieg.
22 **su merecido:** was er verdient, was ihm zusteht.
el macarra (fam.): hier: Gauner, Unhold.

– Así espero que sea la próxima vez. De lo que puede estar seguro ese chulo es de que, como esto vuelva a ocurrir, entre todos le daremos una buena tunda, así es como aprenden algunos cobardes que sólo se atreven con los más débiles. Y ahora, Manolito, vete con Yihad a clase; con él no tienes que tener miedo, te defenderá de cualquiera; si vas con Yihad, el abuelo está tranquilo.

Fue increíble. Mi abuelo se merece el Premio Nobel de la Paz.

Yihad y yo entramos en el colegio sin decirnos nada. Durante la clase, Yihad me pasó una nota. Decía:

¿Crees que tu agüelo le dirá a mi agüelo qué he sido yo el que te rompió las gafas?

Le contesté con otra nota:

No lo sé, no sé si mi aBuelo le dirá a tu aBuelo que tú eres el culpable.

No creo que Yihad se diera cuenta de la indirecta con la B alta que le había puesto; él es muy bestia, en todos los sentidos de la palabra.

Yo estaba seguro de que mi abuelo nunca se chivaría, pero prefería que el chulito lo pasara mal durante un rato.

Cuando salimos de la escuela, nuestros dos abuelos estaban esperándonos. Yo empecé a correr hacia ellos

3 **dar una (buena) tunda a alg.** (fam.): jdm. eine (ordentliche) Tracht Prügel verpassen.

7 **cualquiera:** hier: jeder(mann), wer auch immer.

13 **el agüelo:** *el abuelo* (orthographische Umsetzung der dialektischen Aussprache).

18 **la indirecta:** Anspielung.

21 f. **chivar(se)** (fam.): petzen.

pero, como no llevaba las gafas, me tropecé. Bueno, si digo la verdad verdadera, tengo que reconocer que me suelo tropezar con o sin gafas, de todas las maneras posibles. Entonces ocurrió lo increíble: Yihad se agachó y me ayudó a recoger la cartera y el jersey. Me hubiera gustado sacarle una foto al más chulito del planeta recogiéndome las cosas. Es algo que no ocurre todos los días. Cuando ya estuve de pie, Yihad me dijo:

– Seguro que se lo ha dicho.

O sea, que el chulito tenía miedo. Creo que fue uno de los momentos más felices de mi vida en el Planeta Azul. Pero no, mi abuelo Nicolás no se había ido de la lengua, no es de ésos. Yihad se dio cuenta en seguida porque su abuelo estaba con él como siempre. Nos fuimos los cuatro juntos por el camino, los dos abuelos y nosotros dos, que jamás habíamos andado juntos por la calle. Yihad sólo se me había acercado alguna vez para darme una patada; era la única relación íntima que habíamos tenido. Ésa y la vez que me había roto las gafas. Yihad rompió el hielo infernal que había entre nosotros:

– No nos quedará más remedio que ser amigos.

3 **soler hacer algo:** etwas zu tun pflegen, gewöhnlich tun.
5 **agacharse:** sich bücken.
la cartera: hier: Schultasche, Ranzen.
13 f. **irse de la lengua** (fig.): sich verplappern, verraten.
19 **la patada:** Fußtritt.
21 **romper el hielo** (fig.): das Eis brechen.
infernal: höllisch.
23 **no nos quedará más remedio que:** es wird uns nichts anderes übrig bleiben als.

– Pues sí, ya has oído a mi abuelo lo que puede pasarte si vuelves a tocarme.

En ese momento, llegó el Orejones, que se quedó embobado mirándonos. No podía creer que Yihad y yo estuviéramos andando por la calle como dos tíos normales.

– ¿Y tú qué miras, bobo? – le preguntó Yihad con mucha educación.

El Orejones ya estaba a punto de echarse a correr, pero yo le paré y le dije a Yihad:

– Si eres amigo mío, también tendrás que ser amigo de éste. Responde: ¿Sí o no?

Fueron momentos de gran tensión ambiental. Yi-

4 **embobado/a:** höchst erstaunt, verblüfft.
7 **el bobo:** Dummkopf, Depp.
7f. **con mucha educación:** äußerst höflich (*la educación:* hier: Benehmen).
10 **parar a alg.:** jdn. anhalten, aufhalten.
13 **la tensión ambiental:** etwa: greifbare Spannung, gespannte Stimmung.

had contestó al final que sí, dijo que sí, y dijo que qué iba a hacer, que no le quedaba más remedio. Pero él también puso sus condiciones:

– Y tú júrame por tu padre que jamás en tu vida me volverás a llamar el capitán Merluza.

Se lo juré por mi padre, por mi madre, por el Imbécil, por mi abuelo, pero sobre todo se lo juré por mí mismo. Sabía que si volvía a pronunciar ese nombre, mi vida correría peligro. De todas formas, como nadie puede entrar en mi cerebro, yo puedo seguir llamándoselo mentalmente por los siglos de los siglos: ¡capitán Merluza!

Aquella noche tuve que dormir otra vez sin gafas y otra vez con mi abuelo. Me sentía muy importante, me sentía el fundador de una panda, como el fundador de un país (de los Estados Unidos, por mencionar el país más grande que se me ocurre). Muy pocas personas habían fundado una panda en su vida; yo era uno de ellos. Me merecía una estatua en el parque del Árbol del Ahorcado, una estatua con una placa que dijera:

A Manolito Gafotas. Niño ilustre, fundador de la panda que jugaba en esta misma tierra que pisan tus pies.

9 **correr peligro:** in Gefahr, gefährdet sein.
15 **el fundador / la fundadora:** Gründer(in) (*fundar:* gründen, errichten).
la panda (fam.): Bande, Clique.
20 **la placa:** Tafel, Schild.
22 **ilustre:** berühmt.

Es verdad que ninguno de los socios de la panda estaba muy seguro de querer pertenecer a ella, pero como dice mi abuelo: «Nunca llueve a gusto de todos.»

1 **el socio:** hier: Mitglied.
2 **pertenecer a algo:** zu etwas gehören.
3 **nunca llueve a gusto de todos** (loc.): man kann es nie allen recht machen.

Un pecado original

Si fuera a Religión, tendría que confesar al cura un pecado original que cometí el otro día. Pero como voy a Ética, sólo te lo voy a contar a ti, que me has caído bien, y a media España, que también me ha caído bien, porque yo no soy de los que van por la calle preguntando: «Oiga, perdone, ¿es usted cura? ¿Me quiere confesar un pecado bastante original?»

La gente me tomaría por loco: unos dirían: «Anda, vete, salmonete», y otros saldrían corriendo despavoridos. Mi madre me apuntó a Ética para ver si aprendía un poco de educación, que falta me hace: «Por lo menos que hagas menos ruido mientras comes, hijo mío.»

Mi abuelo sí que hace ruido, pero como los dientes que lleva no son suyos sino que son del «Alcampo», pues todo el mundo le disculpa. De todas maneras, lo único que nos enseña la *sita* Asunción en Ética es re-

1 **un pecado original:** originelle, einfallsreiche Sünde; »el pecado original« bedeutet ›Erbsünde‹ (Wortspiel).
4f. **que me has caído bien:** weil du mir sympathisch bist.
10 **el salmonete:** Meerbarbe (Fisch); hier wohl nur zu Reimzwecken eingesetzt.
10f. **despavorido/a:** furchtsam; entsetzt.
11 **apuntar a alg. a:** jdn. einschreiben für, anmelden zu.
16 **Alcampo:** spanische Version der französischen Supermarktkette »Auchan«.

petirnos mil veces que, como sigamos siendo ese pedazo de bestias que somos, al bajar al patio acabaremos siendo unos delincuentes. Pero eso no es nada nuevo, eso nos lo dice a todas horas, hasta en Matemáticas, hasta en sueños me lo dice esa mujer despiadada.

Todo esto venía por el pecado bastante original (no es porque sea mío) que cometí el otro día. Te lo voy a contar desde el principio de los tiempos. Resulta que el otro día vino a buscarme mi abuelo al colegio. Hasta ahí todo es normal. Y me trajo en su mano temblorosa un bocata de queso de cabrales, y voy y le digo:

– Abuelo, ¿cuántas veces tengo que decirte que a mí el queso de cabrales me recuerda al olor de los vestuarios de mi colegio?

Hasta ahí todo era normal. Mi abuelo me contesta:

– Que no, *atontao*, que te lo has tragado, pardillo, que el de cabrales es para mí y para ti es el bocadillo de colacao con mantequilla.

Mi abuelo me ha gastado esta broma, sin exagerar,

1 f. **el pedazo de bestias:** etwa: Trampeltiere, wilde Horde.
5 **despiadado/a:** gnadenlos, unbarmherzig.
10 f. **tembloroso/a:** zittrig.
11 **el bocata** (fam.): belegtes Brötchen.
el queso de cabrales: kräftiger Ziegenkäse, nach dem asturischen Bergdorf Cabrales benannt.
13 f. **el vestuario:** Umkleidekabine, -raum.
16 **el atontao:** *el atontado:* Dussel, dummer Kerl.
tragarse algo: etwas schlucken, essen; (fig.): etwas hinnehmen.
el pardillo: hier: Dummerchen.
18 **el colacao:** spanisches Kakaogetränk; das Pulver wird auch auf Brot gegessen.
19 **gastar una broma a alg.** (fig.): einen Scherz mit jdm. machen, jdm. einen Streich spielen.

unas ciento cincuenta mil quinientas veinticinco veces, pero como está de la próstata no se acuerda y yo tengo que hacer como que la bromita es nueva y decir:

– Menos mal, abuelo, por un momento creí que me tenía que tragar el de cabrales.

A él le hace mucha ilusión que yo me ría con una broma que hacemos un día sí y otro no, como dice mi madre, en días alternos. Hasta ahí todo era normal aquella fría tarde de un invierno gris marengo. Mi abuelo me preguntó:

– ¿Tu señorita no será esa chiquita joven de la minifalda roja?

Y yo le contesté:

– Joé, que no, abuelo, que mi señorita es esa vieja y despiadada de la falda negra y larga.

– Pues qué mala suerte, Manolito, te acompaño en el sentimiento.

Hasta ahí todo era normal, porque mi abuelo nunca pierde la esperanza de que mi señorita sea esa chiquita joven con minifalda por la que siempre pregunta. Le gustaría acercarse y, con la excusa de qué tal va mi nieto en Matemáticas, invitarla a un café con unos boquerones, que es lo que le gusta tomarse a mi abuelo cuando cobra su pensión. Mi abuelo nunca pierde la esperanza con las chicas. Siempre me dice que yo he

6 **le hace mucha ilusión que:** er freut sich sehr darüber, dass (*la ilusión:* hier: Freude).
8 **en días alternos:** jeden zweiten Tag.
9 **gris marengo:** dunkelgrau.
16f. **te acompaño en el sentimiento** (loc.): mein/herzliches Beileid.
22f. **los boquerones:** Sardellen (gehören zu den typischen spanischen Tapas und werden normalerweise nicht zum Kaffee verzehrt!).

salido a él. Es verdad, mira que la Susana me ha dado cortes mortales, pues nada, yo vuelvo a ella como las moscas vuelven a la caca. Y con esto no quiero decir que yo sea una mosca.

Hasta aquí todo era normal. Casi todas las tardes decimos lo mismo, nos reímos de lo mismo y merendamos lo mismo. ¿Y quién tiene la culpa? Nosotros mismos, porque nos gusta escuchar siempre lo mismo y, a quien no le guste, que se vaya a Noruega, como se fue mi tío Nicolás.

Bueno, pues en este momento bastante poco crucial de nuestras vidas, viene un tío de tantos que se ven por mi barrio y le dice a mi abuelo que le dé doscientas pesetas.

Y mi abuelo le suelta:

– Por las narices te voy a dar yo doscientas pesetas.

Y va el tío y saca una navaja de grandes dimensiones y nos amenaza sin contemplaciones:

– Pues por el morro me vas a dar lo que lleves.

1 **mira que:** schau mal.
2 **el corte mortal** (fam.): etwa: tödlicher Korb, tödliche Abfuhr.
pues nada: hier: macht nichts.
6f. **merendar:** die Nachmittagsmahlzeit zu sich nehmen, vespern (*la merienda:* Vesper[brot], Picknick).
9 **a quien no le guste, que se vaya a Noruega:** etwa: wem das nicht passt, der scher sich zum Teufel / der kann mich mal.
13f. **doscientas pesetas:** entspricht etwa 1,20 €.
16 **por las narices** (fam.): von wegen, einen Teufel werde ich tun.
17 **la navaja:** Taschenmesser.
18 **sin contemplaciones:** rücksichtslos; ohne lange zu fackeln (*las contemplaciones*, pl.!: Rücksicht[nahme]).
19 **por el morro** (fam.): nur/einfach so (zum Spaß) (er spielt hier mit den Bildern zu *narices* und *morro*).

Y nos dijo que tenía el SIDA y que el SIDA iba en la navaja. Mi abuelo, que en cuanto le insistes un poco con una navaja cambia de opinión, dijo:

– Eso está hecho. Manolito, dale a este señor tan amable el dinero.

Lo llevaba yo. Mi madre me lo mete en el bolsillo todos los días para que compre «el número de los ciegos», porque en mi casa a todos nos gustaría hacernos de golpe millonarios y si te he visto no me acuerdo. En algo se tenía que notar que somos de la misma familia.

Empecé a sacar moneda tras moneda. Mi madre me lo da en monedas para que le quite a ella lo suelto de la cartera y, claro, el atracador se empezó a poner cardiaco. Por muy bueno que sea un atracador, llega un momento en la vida de los atracadores que se cansan de esperar porque tienen otras cosas que hacer. A mí, con los nervios, se me cayeron veinte duros al suelo y

1 **el SIDA:** el *Síndrome de Inmunodeficiencia Adquirida:* AIDS.
4 **eso está hecho:** etwa: ist so gut wie erledigt, wir sind schon dabei.
7f. **el número de los ciegos:** Lotterielos der spanischen Blindenorganisation ONCE (**O**rganización **N**acional de **C**iegos de **E**spaña); mit dem Gewinn werden blindengerechte Einrichtungen geschaffen.
9 **de golpe:** auf einen Schlag, über Nacht.
si te he visto no me acuerdo (loc. fam.): etwa: den/die kenn ich nicht, noch nie gesehen (gemeint ist das undankbare Verhalten jdm. gegenüber, der einem einmal geholfen hat, jetzt aber keinen Vorteil mehr bringt).
13 **el suelto:** Kleingeld.
14 **el atracador:** (Straßen-)Räuber (*atracar:* überfallen, ausrauben).
14f. **cardiaco/a:** herzkrank (auch *cardíaco/a*).
15 **por muy bueno que sea:** wie gut er auch sein mag.
18 **veinte duros:** entspricht 100 Peseten bzw. etwa 0,60 €.

al ir el tío a agacharse a recogerlos y huir-sin-mirar-atrás le pude ver la navaja de cerca y leí:

«Recuerdo de Mota del Cuervo.»

Y yo, por sacar un tema de conversación en aquel momento de alta tensión ambiental, dije:

– Esta navaja es del pueblo de mi abuelo.

1f. **huir-sin-mirar-atrás:** etwa: die Flucht nach vorne antreten.
3 **Mota del Cuervo:** Dorf in der Provinz Cuenca mit dem Beinamen »El Balcón de la Mancha«.

Y mi abuelo va y se pone a preguntar: «¿Y tú por qué tienes una navaja de Mota del Cuervo, y cuándo estuviste allí, y cómo se llama tu madre, y cuál es tu grupo sanguíneo, y de qué color llevas los calzoncillos …?» Mi abuelo siempre se pone igual de pesado cuando se encuentra a alguien de Mota del Cuervo, Cuenca. Total, que nuestro atracador va y le dice que sí, que es de Mota del Cuervo, y le dice el nombre de su madre. (El nombre de la madre del atracador, no el nombre de la madre de mi abuelo; ésa murió hace algún siglo y tampoco es cuestión de ponerse ahora a llorar por toda la gente que murió en el planeta Tierra.) Su madre era Joaquina, alias *La Ceporra*; mi abuelo la conocía. El atracador le dijo que no se le ocurriera decirle a su madre que tenía el SIDA, porque se podía preocupar y porque además era una sucia mentira de atracador. Mi abuelo le dijo que como siguiera atracando por mi barrio que iba a llamar a *La Ceporra*, que era una santa, y que iba a llamar a la policía para que lo detuvieran esposado y la gente lo señalara por las calles diciendo: «Ése es el chorizo que se atrevió a atracar a Nicolás Moreno y a Manolito Gafotas.»

Para terminar, mi abuelo le soltó:

– Y dame la navaja, que no quiero que el nombre

4 **el grupo sanguíneo:** Blutgruppe.
4f. **los calzoncillos** (pl.!): Unterhose.
11 **ser cuestión de:** gehen um, eine Frage des … sein.
13 **el ceporro / la ceporra:** Dummkopf, Idiot(in).
20 **detener esposado/a a alg.:** jdn. in Handschellen abführen.
21 **el chorizo:** hier (fam.): Dieb, Gauner.
22 **atreverse a** (+ inf.): es wagen, sich trauen zu.

de mi pueblo se vea mancillado con tus fechorías, asqueroso.

Eso le dijo mi abuelo. Nuestro atracador asqueroso se portó bastante bien, la verdad: le dio a mi abuelo la navaja «Recuerdo de Mota del Cuervo», Cuenca, y nos devolvió el dinero «religiosamente», como dice mi madre.

Yo creía que esta impresionante historia se había terminado aquí, lo mismo creías tú y lo mismo creía el presidente de los Estados Unidos. Pues los tres nos hemos colado, porque todavía queda lo más interesante:

Dos días después, la *sita* Asunción dijo:

– Poneos en fila que vamos al Museo del Prado.

No te creas que fue una sorpresa. Lo sabíamos desde hacía una semana, pero nos tiramos todos a la puerta como si no hubiéramos visto una puerta en nuestra vida.

Mi madre me había preparado para ir al Museo del Prado una tortilla de patatas, unos filetes empanados y un bollicao de postre. Cuando lo saqué en el autobús, Yihad me dijo que yo era un pedazo de hortera y

1 **mancillado/a** (fig.): besudelt, befleckt.
la fechoría: Missetat, Untat.
4 **portarse:** sich benehmen, aufführen.
6 **religiosamente:** hier: auf Heller und Pfennig.
11 **colarse** (fam.): hier: sich täuschen.
13 **ponerse en fila:** sich in Reih und Glied aufstellen (*la fila:* Reihe).
el Museo del Prado: bedeutendste Gemäldegalerie Spaniens mit über 9000 Meisterwerken.
19 **el filete empanado:** paniertes Schnitzel.
20 **el bollicao:** Croissant mit Schokoladenfüllung.
21 **hortera** (inv.): ordinär, geschmacklos, grauenhaft.

que parecía que en vez de ir al Museo del Prado me iba de acampada a Miraflores de la Sierra. Me dio tanta rabia que le dije: «¿Quieres?» Y el tío se me comió media tortilla, pero ya no me volvió a llamar hortera. Si se llega a enterar mi madre me mata, porque dice que siempre me comen el bocadillo los demás niños del mundo mundial.

Bueno, pues cuando mejor lo estábamos pasando, el Orejones ya había vomitado dos veces y habíamos cantado *El señor conductor no se ríe, no se ríe el señor conductor*, resulta que habíamos llegado al Museo del Prado ese. La *sita* Asunción nos dijo que el que se portara mal, jamás volvería a salir de excursión en todos los años de su vida, a no ser que fuera a la cárcel de Carabanchel, que es donde debía estar. La *sita* Asunción nos quería llevar a ver *Las Mininas* de Velázquez, que es un cuadro en el que Velázquez retrató a todas sus gatas, porque era un hombre al que le gustaban mucho los animales, por eso mi colegio se llama Diego de Velázquez.

Nunca llegué a ver ese cuadro, porque por el camino vimos uno en el que salían tres tías bastante anti-

2 **ir de acampada:** kampieren, zelten (gehen) (*la campada:* Zeltlager). **Miraflores de la Sierra:** Bergdorf und Erholungsgebiet 50 km nordwestlich von Madrid im Einzugsgebiet des oberen Manzanares.

2 f. **dar rabia a alg.:** jdn. wütend machen.

9 **vomitar:** sich übergeben, (er)brechen.

14 **a no ser que** (+ subj.): falls nicht, es sei denn (dass).

16 f. **«Las Mininas» de Velázquez:** Manolito meint die *Meninas*, ein berühmtes Bild des Malers Velázquez, welches u. a. die Hofdamen (»las meninas«) am Hofe von Philipp IV. zeigt. »Minina« bedeutet ›Kätzchen‹; daher Manolitos Schluss auf die Katzen.

22 **salir:** hier: erscheinen, zu sehen sein.

guas. Se veía que eran antiguas porque tenían, como dice mi madre, el tipo del tordo: la cabeza pequeña y el culo gordo. Y nos quedamos allí plantados el Orejones, Yihad y yo, delante de él todo el rato; porque en ese museo ves un cuadro y ya te haces a la idea de todos los demás porque se parecen bastante, la verdad.

Las tres melonas antiguas estaban desnudas y tenían unas cacho piernas que ... te da una tía de esas con una de sus cacho piernas y te has muerto con todo el equipo para el resto de tu vida.

De repente, el Orejones leyó el título y resultó que el cacho cuadro se llamaba *Las tres gracias*. Yihad se cayó al suelo de la risa y acto seguido nos tiramos el Orejones y yo para no ser menos. Yihad se sacó un rotulador de la chupa para escribir en el cuadro: *Las tres gordas*, y entonces se acercó corriendo el guardia del Museo y nos preguntó por nuestra señorita y nos llevó prácticamente esposados a donde estaba la *sita* Asunción, que estaba con toda la clase viendo un cuadro de

2 **el tipo del tordo:** vom Typ Apfelschimmel (Pferderasse).
3 **quedarse plantado/a:** wie angewurzelt stehenbleiben.
5 **hacerse a la idea de:** sich eine Vorstellung machen, eine Ahnung haben von.
7 **la melona:** riesige Wassermelone; hier (fig.): füllige Frau. **desnudo/a:** nackt, unbekleidet.
9 **unas cacho piernas** (fam.): riesige, kräftige Beine.
12 **Las tres gracias:** die drei Grazien; die drei Rubensdamen Aglaia, Thalia und Euphrosine entstammen der griechischen Mythologie und sind bekannt für ihre barocke Körperfülle.
13 **acto seguido:** gleich darauf, schwupps.
14 **para no ser menos** (fig.): um nicht (hinter ihm) zurückzustehen.
14f. **el rotulador:** Filzstift.
15 **la chupa** (fam.): (Leder-)Jacke.

toda una familia mirando de frente, como el vídeo que tenemos nosotros del bautizo del Imbécil.

A mí me temblaban hasta los cristales de las gafas, pero entonces sucedió algo que cambió completamente el curso de nuestras vidas. Mientras la *sita* Asunción hablaba del cuadro vi cómo un tío se colocaba a su lado. El tío ... el tío ... ¡era el mismo que nos había querido atracar a mi abuelo y a mí!

Antes de que el guardia del Museo pudiera chivarse sin piedad, yo me tiré a los brazos de mi *sita* Asunción – nunca creí que fuera a caer tan bajo – y le dije:

– ¡*Sita* Asunción, le está intentando quitar el bolso el famoso atracador de Mota del Cuervo, Cuenca, que además de no tener el SIDA es hijo de Joaquina, *La Ceporra*!

La *sita* Asunción se quejó al guardia por la poca protección que había en el Museo y a mí me dio un beso y me dijo que podía ir en la primera fila del autocar con ella en mérito al honor o al soldado desconocido, no me acuerdo.

Antes de salir a la calle, entramos todos en el váter del Museo, para mear, que es lo que hacemos siempre que nos llevan a cualquier sitio, y allí estaba el atracador. Me coge del brazo y me dice:

– Mira, Gafotas – no me puedo explicar cómo sabía mi mote –, me vine de Mota del Cuervo a Madrid por-

2 **el bautizo:** Taufe.
4 **suceder:** sich ereignen, passieren.
6 **colocarse:** sich hinstellen, plazieren.
10 **sin piedad:** gnadenlos (*la piedad:* Mitleid, Erbarmen).
18f. **el autocar:** Reisebus.
19 **en mérito al honor:** ehrenhalber, der Ehre wegen.

que en esta ciudad no me conoce nadie y resulta que me vas a jorobar tú todos los días el negocio.

Yo le dije que no lo había hecho con mala intención, que le había acusado a él para que no me acusaran a mí. Y para que me soltara, para que me dejara de pellizcar el brazo, le dije un sitio donde podía atracar a sus anchas y sacar su navaja de Mota del Cuervo sin que yo saliera a meterme donde no me importa.

La *sita* Asunción no me regañó por una vez en la historia cuando llegué tarde al autobús, me estaba esperando en la primera fila. Y yo me senté delante de las narices de todos mis compañeros, al lado de ella, en mi nuevo papel de niño pelota.

Estuve muy contento sólo durante tres minutos y medio, después me empecé a aburrir como una oveja, veía cómo Yihad se estaba quedando ronco de cantar *¡El Orejones no tiene pilila!* y me estaba muriendo de envidia.

Mi señorita aprovechó para enseñarme todos los monumentos que nos íbamos encontrando a nuestro paso, y me dio por pensar que a Madrid le sobraban monumentos.

2 **jorobar** (fam.): belästigen, stören; versauen.
6 **pellizcarle el brazo a alg.:** jdn. in den Arm zwicken.
7 **a sus anchas** (fig.): nach Belieben.
8 **donde no le importa a alg.:** wo es jdn. nichts angeht.
13 **el niño pelota** (fam.): kleiner Schleimer.
16 **quedarse ronco/a:** heiser werden.
17 **la pilila** (fam.): Pimmel.
19 **aprovechó para enseñarme:** etwa: zeigte mir auch gleich noch (*aprovechar [la ocasión] para hacer algo:* die Gelegenheit nutzen zu).
21 **me dio por pensar que:** ließ mich denken / und ich dachte, dass.
le sobraban: hier: gab es zu viele, mehr als genug.

La *sita* Asunción estaba muy contenta de tener un nuevo niño pelota, y yo, para mis adentros, sabía que había cometido un pecado original, un pecado que nunca me podré confesar porque no voy a Religión ni conozco a un solo cura:

El sitio donde le había dicho al atracador de Mota del Cuervo, Cuenca, que fuera a atracar era el portal de la *sita* Asunción.

Desde entonces, la miro todas las mañanas a ver si trae cara de que la han atracado.

Dice mi abuelo que no me preocupe, que los atracadores de su pueblo nunca se levantan antes de las once de la mañana y a esa hora ya está la *sita* en el colegio machacándonos el cerebro. Eso ya me ha dejado más tranquilo porque, te digo una cosa, yo a mi *sita* la quiero lejos, pero la quiero.

10 **traer cara de que:** aussehen als ob.
16 **lejos:** hier: auf Distanz, von weitem.

El uno para el otro

Te voy a contar una historia de amor desde el principio de los tiempos. Resulta que vino mi abuelo a buscarme a kárate, porque dice mi padre que ando como un chino y que eso hay que corregírmelo, porque da pena verme todo el día andando como Fumanchú, pero sin esas uñas tan largas que tiene Fumanchú. Yo las tengo negras, pero no largas, que conste.

Bueno, pues viene mi abuelo a buscarme a kárate y me dice:

– ¿Por qué no viene hoy con nosotros tu gran amigo el Orejones?

– ¡Mi gran amigo? Mi gran cerdo – contesté yo sin disimular un odio bastante reconcentrado.

Le conté que mientras yo iba a kárate a dejar de andar como ese chino que nunca fui, él se había llevado a su casa a la Susana, a ver el demonio de Tasmania. Y

3f. **venir a buscar a alg.:** jdn. abholen (kommen).
6 **Fumanchú:** Dr. Fu Manchu; chinesischer Bösewicht in Romanen und gleichnamigen Filmen, die zwischen 1913 und 1959 entstanden.
7 **la uña:** Fingernagel.
14 **disimular:** verbergen.
reconcentrado/a: zurückhaltend; hier: aufgestaut, zurückgehalten.
17 **el demonio de Tasmania:** der tasmanische Teufel; Bestandteil der Zeichentrickfilmserie *Looney Tunes*, besonders hinterlistige und destruktive Figur, deren Raserei immer eine Spur der Zerstörung hinter sich lässt. Parallelen zu Susana Bragas-Sucias sind in Ansätzen vorhanden.

eso que el Orejones sabe que a la Susana me la pedí yo el primer día de curso, porque el año pasado me pasó que los demás se pusieron a pedir como posesos antes que yo, me quedé el último y sólo quedó libre Jessica, *La Gorda*. Así que fuimos dos días novios. El primer día, por empezar un tema de conversación interesante, le pregunté:

– ¿Y tú por qué eres tan gorda?

– Porque de mayor quiero ser cantante de ópera – me respondió.

Al día siguiente, la tía me la tenía guardada. La tía gorda rencorosa me dijo:

3 **pedirse a alg.:** hier: jdn. für sich reservieren.
como poseso/a: wie verrückt, total besessen (*el poseso / la posesa:* Besessene[r]).
11 **la tía me la tenía guardada:** etwa: kam die Retourkutsche.

– ¿Y tú por qué llevas gafas, Gafotas?

– Para que me las rompa Yihad, que es un chulito y es mi amigo.

Y ya no nos dijimos nada más. Este año Jessica, *La Gorda*, ya no está gorda, y se la ha pedido uno que dice que es más guapo que yo. Dice que es más guapo porque no lleva gafas, pero mi abuelo me ha dicho que, al cabo de los años, las chicas los prefieren con gafas porque suelen tener más dinero. Así que el guapo ese se va a enterar dentro de cincuenta y cinco años.

Bueno, como te he dicho hace una hora, la Susana Bragas-Sucias se había ido con el Orejones a ver el demonio de Tasmania. Yo le conté a mi abuelo que la Susana no respetaba nada, que, aunque uno se la hubiera pedido, se iba con cualquiera que le diera cualquier cosa. Así que al final ella tenía cuarenta mil novios y yo sólo una y de boquilla. Entonces mi abuelo me dijo que no bastaba con pedirse a una chica, que había que declararse, llevársela al parque del Ahorcado y allí decirle: «Me gustas por la mañana, por la tarde y por la noche.» Y eso un día, y otro día, y otro día, toda la eternidad, aquí en la Tierra y en el espacio si-

7f. **al cabo de los años:** mit den Jahren, im Laufe der Jahre (*el cabo:* Ende; Spitze).

11f. **Susana Bragas-Sucias:** Susana Schmutzhöschen; in der deutschen Übersetzung mit »Susana Schmutzbutz« wiedergegeben (*las bragas*, pl.!: Slip, Schlüpfer).

17 **de boquilla** (fig.): nur zum Schein.

18 **no bastaba con** (+ inf.): es genügte, reichte nicht zu.

19 **declararse:** seine Liebe gestehen, eine Liebeserklärung machen.

22 **toda la eternidad:** in alle Ewigkeit.

22f. **el espacio sideral:** Weltall, -raum.

deral. Mi abuelo dice que todas las personas del mundo mundial han dicho eso en algún momento de su vida. Yo no estaba muy convencido de que tenía que declararme, pero mi madre siempre me dice: «Tú no te distingas, no te distingas, que siempre tienes que dar la nota.»

Así que, al día siguiente, le dije a la Susana que quería verla después del colegio en el parque del Ahorcado para decirle una cosa bastante importante. La Susana me dijo que a esa hora empezaba el demonio de Tasmania y que ella el demonio de Tasmania no se lo perdía por nada del mundo y que le dijera esa cosa tan importante allí en su cara, porque ella no iba al parque del Ahorcado, porque un día se encontró una jeringuilla en la tierra y se la llevó a su madre de recuerdo y encima su madre se puso como una hiedra (que se subía por las paredes) gritándole: «Mañana no sales, ni mañana ni nunca.» Así que ella, a partir de ese momento, sólo iba de casa en casa a merendar y a ver el demonio de Tasmania, porque en las casas de la gente no había jeringuillas tiradas, a no ser que el padre del niño fuera practicante.

La invité a mi casa. Mejor para mí, porque mi casa

5 **no te distingas:** sei nicht (immer) anders; (fig.) tu dich nicht immer hervor.
5f. **dar la nota** (fig.): (unangenehm) auffallen, stören.
12 **perder:** hier: verpassen.
15 **la jeringuilla:** (Einweg-)Spritze.
17 **la hiedra:** Efeu.
subirse por las paredes: die Wände hochgehen.
22f. **el/la practicante:** Arzthelfer(in).

tiene calefacción y el parque del Ahorcado, no. Mi madre nos puso unos cojines en el suelo para que no le ensuciáramos el sofá, que lo puso nuevo hace cinco años. Es que el día anterior le había dicho yo a mi madre:

– Mañana viene a merendar la Susana Bragas-Sucias.

Mi madre me echó la bronca, porque dice que eso es lo peor que se le puede decir a una chica y que lo

1 **la calefacción:** (Zentral-)Heizung.
2 **el cojín:** (Sofa-)Kissen.
3 **ensuciar:** schmutzig machen, beschmutzen.

mejor que se puede hacer con las bragas de una chica, es no mirarlas y en paz. Pero di que cuando vino la Susana y se subió el vestido para sentarse en el sofá, que es lo que hace siempre, subirse el vestido para sentarse donde sea, mi madre fue la primera en mirar cómo las llevaba. Y decidió ponernos el cojín en el suelo. Luego, me llamó a la cocina para darme los colacaos y me dice la tía así, bajito:

– ¿Qué pasa, que su madre no le da una muda limpia todos los días?

Y yo le tuve que explicar que sí, pero que lo de las bragas de la Susana era un caso para llevar al programa *Misterios sin resolver*. Su madre, que había ido a hablar con la *sita* Asunción, decía que las bragas se le manchaban de tierra aunque llevara el chándal y que haría falta que vinieran a España científicos de todo el mundo para saber por qué unas bragas que salían blancas de casa por la mañana dentro de un chándal, a las horas de comer se habían vuelto negras. ¿Por qué? Nadie puede explicárselo, es uno de los grandes enigmas del planeta Tierra. Le estaba dando estas explicaciones a mi madre cuando va y me dice:

– Bueno, Manolito, basta de bragas, que coges un tema y no hay quien te saque. Vete con tu amiga.

2 **y en paz** (fam.): und damit basta!
9 **la muda:** Wechselwäsche.
15 **el chándal:** Trainingsanzug.
20f. **el enigma:** Rätsel.
23 **basta de bragas:** Schluss mit Schlüpfern!
24 **y no hay quien te saque** (fam.): etwa: und du hörst überhaupt nicht mehr auf zu reden.

Mi madre es así: a ella le gustaría que yo respondiera a sus preguntas con un «sí» o con un «no» para darse media vuelta y ponerse a hablar por teléfono con su amiga. Por eso prefiere al Imbécil, porque el Imbécil es de los de «a la chita callando». Ése es el tipo de niños que a mi madre le gustan, por eso se casó con mi padre, porque mi padre habla sólo tres veces al año: por Nochevieja, por su cumpleaños y cuando gana el Real Madrid.

Bueno, volví con la Susana, que me dijo que la tele del Orejones molaba más que la mía porque tenía no sé cuántas pulgadas más y que ella sólo se tomaba el colacao con chococrispis, así que le pedí a mi abuelo que bajara a comprar chococrispis. Le dije que, si me hacía ese favor, lo recordaría hasta después de su muerte. Mi abuelo se fue por la escalera diciendo:

– Joé, con la Susanita, nos tiene a todos machacados.

Cuando se acabó el dichoso demonio de Tasmania, llegó la hora de la famosa declaración:

– Bueno ... yo te quería decir que ... me gusta mucho tu diadema.

Eso es lo único que me salió. Y ella me contestó:

– Pues no te la voy a dar.

La verdad, yo le podía haber dicho algo mejor, pero tampoco era para que ella me diera esa respuesta. Se

5 **a la chita callando** (fam.): still und heimlich; verschwiegen.
12 **la pulgada:** Zoll (Maßeinheit).
20 **dichoso/a:** glücklich; hier (fam.): verdammt, verflixt.
23 **la diadema:** Kopfschmuck, Haarband.

hizo un silencio bastante sepulcral entre nosotros. Después de ver anuncios un rato, me dice:

– A ver si vas a ser mariquita.

Eso sí que no me lo esperaba, así que tuve que explicarle:

– No, si me gusta para verla en tu pelo, no en el mío.

Y entonces la tía se empezó a reír porque decía que estaba imaginándome con las gafas, el flequillo este un poco tieso que tengo y la diadema. Se empeñó en que me la pusiera, y yo que no, y ella que sí. Le dije:

– Bueno, me la pongo y entonces eres mi novia.

Me dijo:

– Vale, vale, vale.

Estaba como loca porque me pusiera su diadema. Me la puse porque siempre tengo que acabar haciendo lo que me dice cualquiera. Creo que nadie se ha reído nunca tanto de nadie como la Susana de mí la otra tarde: me señalaba y se estrujaba la falda de las carcajadas. Al Imbécil se le contagió la risa; ése siempre se pone de parte del que más se ríe. Mi madre vino a ver a qué santo venía tanto jaleo. Cuando me vio con la diadema dijo:

1 **el silencio sepulcral:** Grabesstille.
9 **el flequillo:** Pony, Stirnlöckchen.
10 **tieso/a:** steif, fest, starr.
19 **estrujar:** zerknittern, zerknüllen.
20 **la carcajada:** (schallendes) Gelächter.
se le contagió la risa: wurde von dem Lachen angesteckt (*contagiarse:* sich anstecken).
21 **ponerse de parte de alg.** (fig.): sich auf jds. Seite stellen.
22 **el jaleo** (fam.): Krawall, Radau.

– Qué payaso eres, Manolito.

¡Encima! A la hora y media se le pasó la risa a la niña esa. Entonces me echó en cara que se estaba aburriendo, que lo único con lo que se le podía pasar el aburrimiento era disfrazándonos y pintándonos la cara. Le tuve que coger a mi madre, de *estrangis*, unos camisones y su bolsa de pinturas. La Susana decía que era la princesa de Aladino. A mí me dejó en calzoncillos y con un pañuelo en la cabeza; decía que yo era el genio de Aladino. Así que la tía se ponía a frotar la lámpara, que era un jarrón de cristal azul y rojo que tiene mi madre encima de un paño, y pedía un deseo y pedía otro y otro:

– Ahora me traes al Imbécil, que era mi hijo y me lo habían raptado. Ahora matas a uno que me quiere invadir el palacio. Ahora me pones más chococrispis, ahora un vaso de agua …

Me tenía frito, sudando de una habitación a otra; a mi lado, el genio de Aladino vivía como un prín-

1 **el payaso:** Clown.
2 **encima:** hier (fam.): das auch noch!
5 **disfrazarse** (de): sich verkleiden (als).
6 **de estrangis** (fam.): (klamm)heimlich.
7 **el camisón:** Nachthemd.
la bolsa de pinturas: Schminkbeutel, Kosmetiktasche.
10 **el genio de Aladino:** Geist in Aladins Wunderlampe.
frotar: reiben.
11 **el jarrón:** Blumenvase.
12 **el paño:** Stofftuch.
15 **raptar:** entführen, rauben.
18 **tener frito/a a alg.** (fam.): jdm. auf die Nerven gehen, auf den Wecker fallen.
19 **a mi lado:** hier: im Vergleich zu mir.

cipe chino. En una de éstas, fue a frotar la lámpara maravillosa y se cargó el jarrón azul y rojo de mi madre. Pensé lo mismo que dice mi madre cuando rompemos algo: «Lo estaba viendo desde hace rato.»

Menos mal que estábamos solos, que si no, mi madre me da mi colleja correspondiente delante de la Susana. Porque si mi madre en un momento de su vida quiere darte una colleja, te la da aunque sea delante de millones de telespectadores. Ella no se corta.

Nos quedamos mirando cómo mi abuelo recogía los trozos del jarrón. La Susana decía:

2 **cargarse** (fam.): erledigen, umbringen; hier: kaputtmachen.
4f. **desde hace rato:** (schon) seit einer Weile.
10f. **ella no se corta** (fam.): etwa: sie kennt da nichts (*cortarse*, fam.: verlegen werden, Hemmungen haben).
13 **los trozos:** hier: Scherben.

– Si eres mi novio no se te ocurra decirle a tu madre que he sido yo la que lo he roto.

Después de decir esa frase, la Susana se metió un puñado de chococrispis en el abrigo y se marchó por la puerta grande.

Al Imbécil lo tuvimos que subir en el sofá nuevo para que no se cortara, pero se las apañó para coger un trozo del suelo y cortarse inmediatamente. Lo tuve que limpiar yo porque como mi abuelo está de la próstata se marea con la sangre. El Imbécil no paraba de llorar y, para que se callara, tuve que darle la crema de afeitar de mi padre. Esos botes con espuma siempre le calman mucho.

Al rato llegó mi madre, que no trabaja en la CIA porque los de la CIA no se han enterado de que existe; pero te juro que mi madre es cien mil veces mejor que James Bond y todos sus enemigos. Pisó el suelo, el suelo le hizo cracs en los zapatos. Entonces miró a la mesa y supo que se había roto el jarrón. Miró al sofá y supo que el Imbécil había estado subido con sus botas ortopédicas. Olió en el aire la espu-

4 **el puñado:** Handvoll.
7 **apañarselas para hacer algo:** es schaffen, auf die Reihe kriegen zu.
10 **se marea:** ihm wird schwindelig.
11 f. **la crema de afeitar:** Rasiercreme, -schaum.
12 **el bote:** Dose, Büchse.
la espuma: Schaum.
14 **al rato:** nach einer Weile.
la CIA: der CIA; US-amerikanischer Geheimdienst.
18 **el suelo le hizo cracs en los zapatos:** es knackte/knirschte unter ihren Schuhen (*¡crac!:* knacks!, krach!).
21 **las botas ortopédicas:** orthopädische Schuhe (meistens um X- oder O-Beine bzw. Plattfüße zu korrigieren).

ma de afeitar de mi padre y supo que el Imbécil la había gastado. Miró a mi abuelo y supo que estaba harto. Y luego me miró a mí y, al verme con la cabeza metida en el cuello del chándal, supo que estaba esperando mi bronca correspondiente. Tomó aire para empezar su discurso, pero mi abuelo la interrumpió:

– No le digas nada al chiquillo, que el jarrón lo he roto yo. Yo le he dejado la espuma de afeitar al canijo y yo le he subido al sofá.

Mi madre empezó a echarle la bronca a mi abuelo y mi abuelo aprovechó para bajarse a tomar un café con gambas a El Tropezón, que es lo que hace cuando no le gusta el panorama.

Por la noche me metí en la cama de mi abuelo para calentarle los pies. Siempre me recompensa con veinticinco pesetas en la hucha, pero esa noche le dije que se los calentaba gratis por haberme salvado de la silla eléctrica.

Mi abuelo me dijo que, como siguiera con esa novia, sería el primer niño con infarto del mundo mundial.

Al día siguiente cuando estábamos en el recreo, la Susana me mandó insultar a un niño de cuarto, llevar-

2 **gastar algo:** verbrauchen, verschwenden.
8 **el chiquillo** (dim.): *el chico.*
9 **el canijo** (fam.): Mickeriger, Kümmerling.
13 f. **cuando no le gusta el panorama** (fig.): wenn er sich unbehaglich fühlt.
16 **recompensar:** belohnen, entschädigen.
24 **de cuarto:** aus der vierten Klasse.

le tierra para hacer un castillo y hacer de peste bubónica con tres de sus amigas.

El que la liga en la peste bubónica tiene que pillar a los demás y nadie lo puede rozar ni tocar, eres un apestado. La Susana me mandó ser un apestado todo el recreo. Yo pensé: «Qué rollo repollo.» Por primera vez estaba deseando que se acabara el recreo. Fue el recreo más odioso de mi vida en este planeta.

Cuando subíamos a clase, le dije al Orejones:

– Esta tarde puedes invitar a la Susana a ver el demonio de Tasmania, yo tengo kárate.

1 f. **hacer de peste bubónica:** etwa: Beulenpest spielen.
3 **el que la liga en:** etwa: derjenige, der dran ist bei.
pillar a alg. (fam.): jdn. erwischen, kriegen.
4 **rozar:** leicht berühren, streifen.
5 **el apestado / la apestada:** Pestkranke(r).
8 **odioso/a:** hier: schrecklich, scheußlich.

Desde luego, mi amigo el Orejones no se caracteriza por ser un gran observador; no sé cómo no le extrañó ese gesto de generosidad por mi parte.

Me lo pasé bestial en kárate. Mi profesor me dijo que tenía que hacerle una llave a un gigante gigantesco de 5º B. Por un momento, pensé que mi *profe* se había vuelto loco o que quería acabar conmigo para siempre. Mi *profe* me explicó la llave. Yo siempre entiendo la teoría de mi *profe*, incluso me la imagino en mi cabeza. Me imagino pegando unos saltos tipo Kárate Kid en el cañón del Colorado, pero luego todo se joroba en la práctica, no me lo explico. Mi abuelo dice: «Así es la vida.»

Bueno, pues no te lo vas a creer, pero le hice la llave a la mole humana de 5º B. Fue como darle una patada a una montaña: el tío no se movió del sitio, pero yo la llave se la hice. Lo malo es que con el salto se me fueron las gafas por los aires, y eso que mi madre me las

1 f. **no caracterizarse por ser un gran observador:** sich nicht gerade durch eine große Beobachtungsgabe auszeichnen (*el observador / la observadora:* Beobachter[in]).
2 **extrañar a alg.:** jdn. erstaunen (*extrañarse:* sich wundern, erstaunt sein).
3 **el gesto de generosidad:** großzügige Geste.
5 **la llave:** hier: Griff.
7 **acabar con alg.:** jdn. fertigmachen, auslöschen.
10 **pegar un salto:** einen Satz machen.
10 f. **Kárate Kid:** *Karate Kid*; US-amerikanischer Film von 1984, in dem ein Schüler von einem japanischen Meister nicht nur die Technik, sondern auch die Philosophie der Kampfsportart lernt.
11 **el Cañón del Colorado:** der Grand Canyon.
11 f. **jorobarse:** (fam.): hier: kaputtgehen, zum Teufel gehen.
15 **la mole:** (gewaltige) Masse, massige Gestalt.

había atado con una goma al cerebro. Me lo pasé bestial en kárate y todavía me lo pasé mejor cuando mi madre dijo que a ella le trae sin cuidado que yo ande como un chino, pero que ya no vuelvo a kárate, que ella no paga más gafas nuevas este año.

Ésa es la mejor noticia de la temporada; estaba harto de pelearme con todas las rocas del colegio.

Al día siguiente, cuando le contaba al Orejones que ya jamás volvería a kárate, a no ser que España fuera invadida por los japoneses, él me dijo:

– Chachi, que se vaya la Susana todas las tardes contigo. Ayer rompió en mi casa el mando a distancia. Ella era la princesa de Aladino y yo su genio, pero lo de frotar una lámpara le parecía muy antiguo, así que dijo que me iba a dar las órdenes con el mando a distancia. A las dos horas, le dije que estaba harto de obedecerla y me tiró el mando a distancia a la cabeza. Mi madre me ha dicho que si no me podía buscar otra novia menos gamberra.

– Pero, ¿es que también era tu novia?

Nos pusimos a discutir sobre quién había traicionado a quién, pero al minuto y medio nos dimos cuenta

1 **atar:** festbinden, anbinden.
la goma: hier: Gummiband.
el cerebro: hier (fig.): Kopf.
3 **traer sin cuidado a alg.:** jdm. egal sein, jdn. kaltlassen.
6 **la temporada:** Saison.
7 **la roca:** Fels.
12 **el mando a distancia:** Fernbedienung.
17 **obedecer:** gehorchen.
19 **gamberro/a:** halbstark, rowdy-, rüpelhaft.
21 f. **traicionarle a alg.:** jemanden betrügen, hinters Licht führen.

de que era una tontería porque la Susana tiene más novios que niños hay en mi colegio. También tiene novios en la escuela de enfrente, en su escalera y en Las Navas del Marqués, que es el pueblo de su madre. Casi todos los niños españoles son novios de la Susana.

El Orejones y yo íbamos hablando de esto de camino a casa. Éramos como dos grandes amigos con el mismo problema, como en las películas, que al final se ve a dos grandes amigos que se van andando entre el frío y una niebla terrorífica. Con lo bien que nos estábamos llevando, no sé por qué la cosa se lió y volvimos a discutir por quién tenía más derecho a ver el demonio de Tasmania con la Susana por las tardes.

La cosa estaba muy clara: ninguno de los dos quería cargar con la Susana, pero tampoco queríamos que pasara la tarde con nuestro mejor amigo. Ante estas terribles situaciones, mi abuelo dice: «Así de raras somos las personas.»

Bueno, estábamos ya a punto de pegarnos por algo que no queríamos ninguno de los dos, cuando de repente, sin previo aviso, vimos a la Susana con un chico saltando encima de un banco del parque del Árbol

4 **Las Navas del Marqués:** Dorf in der Nähe des Escorials, östlich von Madrid.
7 f. **de camino a casa:** auf dem Nachhauseweg.
11 f. **con lo bien que nos estábamos llevando:** etwa: wo wir uns doch gerade so gut verstanden, vertrugen.
12 **liarse:** durcheinandergeraten.
17 **cargar con alg.:** sich jdn. aufhalsen.

del Ahorcado. Nos acercamos. El chico era ... ¡Yihad!

Estuvimos mirándolos un buen rato, se lo estaban pasando bestial: hacían lanzamiento de cartera a patadas, se empujaban por conseguir el mejor columpio, se lanzaban contra el suelo cuando habían subido muy alto. Yihad le quitó a la Susana la diadema y echó a correr. La Susana lo agarró del pelo y le escupió. ¡A Yihad! ¡Al chulito de mi clase, de mi barrio y de España! Nadie se había atrevido nunca en la vida a escupirle a Yihad, eso podía costarle a uno muy caro.

El Orejones y yo contuvimos nuestras respiraciones, él la suya y yo la mía. Los latidos de nuestros corazones parecían tambores africanos anunciando una guerra espantosa. ¿Qué pasaría ahora?

Nadie se creerá nunca lo que ocurrió entonces; tú tampoco te lo vas a creer, pero fue así. Te lo juro por mi abuelo. Yihad se limpió el escupitajo. El Orejones dijo muy bajo y tembloroso:

4f. **hacer lanzamiento de cartera a patadas:** etwa: ein fröhliches Schultaschenschießen veranstalten.
5 **empujarse:** sich (an)stoßen, schubsen.
5f. **el columpio:** Schaukel.
6 **lanzarse contra el suelo:** sich zu Boden werfen, abspringen.
8f. **escupir a alg.:** jdn. anspucken.
11f. **costar muy caro a alg.** (fig.): jdn. sehr teuer zu stehen kommen.
13f. **contener la respiración:** den Atem anhalten.
14f. **los latidos** (pl.!) **de nuestros corazones:** unser Herzschlag (*el latido:* Schlagen, Klopfen).
15 **el tambor:** Trommel.
16 **espantoso/a:** schrecklich, grauenhaft, furchtbar.
19 **el escupitajo:** Spucke, Speichel.

– Ya verás qué torta le va a dar. Le va a volver la cara del revés.

Pero él, y yo, y el mundo nos habíamos equivocado, porque Yihad dijo:

– Joé, perdona, sólo estaba jugando. Era una broma, tampoco era para que me escupieras con tanta saliva.

Y dicho esto, siguieron jugando, empujándose y saltando como locos. El Orejones y yo nos dimos media vuelta y nos fuimos; primero, porque allí no pintábamos nada, y segundo, porque teníamos miedo a que nos pidieran que jugáramos con ellos.

Ahora sí que era una tontería pelear por la Susana. Esto no lo dijimos, pero para mí que lo pensábamos los dos, y también pensábamos los dos que era un alivio que prefiriese a Yihad.

Aquella tarde invité al Orejones a ver el demonio de Tasmania en mi casa. Lo pasamos bestial poniéndonos pan con colacao y mantequilla y viendo los dibujos los dos tirados en el sofá. Los dos con la cabeza en el mismo lado, porque al Orejones le huelen los pies. El pobre no es perfecto. Mi abuelo nos miró y le dijo a mi madre:

– Están hechos el uno para el otro.

Y por un momento no supe si lo decía por el Orejo-

1 f. **volver la cara del revés a alg.** (fig.): etwa: jdm. fast den Kopf weghauen/ausreißen (auch *volver la cabeza del revés*).

6 f. **la saliva:** Speichel, Spucke.

10 f. **no pintar nada** (fam.): nichts verloren / zu suchen haben.

15 f. **el alivio:** Erleichterung.

20 **tirarse:** hier (fam.): sich hinhauen, lümmeln.

nes y por mí o por la Susana y Yihad, que a lo mejor todavía seguían jugando a tirarse tierra a los ojos en el parque del Ahorcado. También ellos estaban hechos el uno para el otro. Eso debe de ser el amor.

Paquito Medina no es de este mundo

El domingo voy a estar castigado, y el sábado, también. Me tendrá encerrado mi madre sin piedad entre estas cuatro paredes. Estaré peor que un gorila del zoo, porque el gorila puede ver a la gente que va a mirarle como si fuera un mono, pero a mí no viene a verme nadie. Tengo que conformarme con mis compañeros de jaula, con mi abuelo y con el Imbécil.

Cuando me castigan me pongo correoso, como el pan que le gusta a mi abuelo, ese que lleva dos días en la panera. También me pongo enfermo del estómago, porque me aburro, y si me aburro me paso toda la tarde yendo y viniendo del mueble-bar al sofá.

El mueble-bar es un mueble que le compró mi madre a mi padre porque mi padre siempre ha dicho:

– Catalina, yo soy un hombre de barra.

Y dicho esto se bajaba al bar El Tropezón.

Así que mi madre, que tiene soluciones para todo,

3 **estar castigado/a:** hier: Hausarrest haben.
4 **encerrar:** einschließen, einsperren.
8 **conformarse con:** sich begnügen, abfinden mit.
9 **la jaula:** Käfig.
10 **correoso/a:** ledrig, zäh; (fig.) ausdauernd.
12 **la panera:** Brotkorb.
14 **el mueble-bar:** Hausbar, Minibar.
17 **el hombre de barra:** Kneipenmensch, Barfliege.

le regaló para el día del Padre un mueble-bar, una barra almohadillada con *skay* puro. Lo abres y aparece un interior lleno de espejos, y si hay tres botellas, por un momento piensas que hay dieciséis. Esto es lo que los científicos de todo el mundo llaman el fenómeno de la multiplicación. Mi madre le dijo después de desempaquetarlo:

– ¿No eres hombre de barra? Pues no hace falta que te bajes al bar, a partir de ahora la barra la tienes en la casa.

Al principio, el mueble-bar era sagrado y mi madre sólo metía allí el coñac Fundador de mi padre, el anís de mi abuelo y una botella de sidra el Gaitero que sobró de las Navidades. Pero como en mi casa no hay sitio para nada, el famoso mueble-bar sagrado se fue convirtiendo en un supermercado.

– En esta casa no tenemos cucarachas – dice mi madre a la Luisa –; ya nos gustaría, pero es que no caben.

Esto lo dice mi madre, que también tiene sus bro-

2 **almohadillado/a:** gepolstert.
el skay: Kunstleder der Marke Skai.
6f. **desempaquetar:** auspacken.
12 **el coñac Fundador:** spanische Kognakmarke.
el anís: Anislikör.
13 **la sidra el Gaitero:** Apfelwein der Marke Gaitero; Sidra ist ein typisch nordspanisches Getränk und wird mit Asturien assoziiert, wo der Dudelsack (»la gaita«) ein wichtiger Bestandteil der Volksmusik ist.
15f. **ir convirtiendose en:** nach und nach werden zu, sich langsam verwandeln in.
17 **la cucaracha:** Küchenschabe, Kakerlake.
18f. **caber:** Platz haben, (hinein)passen (*quepo:* ich passe hinein)

mitas, a ver si te vas a creer que siempre está de morros.

Bueno, pues primero metió en el mueble sagrado los panchitos, las avellanas y esas cosas que pone mi madre a las visitas y que nos comemos el Imbécil y yo en cincuenta milésimas de segundo. Luego siguió con el colacao, los chococrispis y las marranadas que dice mi madre que tomamos para merendar. Hace un mes que ha empezado a meter allí lo de la limpieza del váter. Eso es para que el Imbécil no se lo coma, porque uno de los vicios del Imbécil es la lejía: ya la ha probado dos veces el muy borracho.

Ya te digo que, cuando estoy castigado, me paso la tarde yendo y viniendo del mueble-bar: cojo un puñado de panchitos, otro de chococrispis y otro de almendras garrapiñadas. Así que, cuando me castigan más de un día, me pongo a explotar, se me produce el clásico tapón en el intestino grueso y mi madre le dice al médico:

– Este niño se pone que ni por arriba ni por abajo logra expulsar la masa alimenticia.

1 f. **estar de morros** (fam.): schmollen; sauer sein.
4 **los panchitos:** gesalzene Erdnüsse.
la avellana: Haselnuss.
7 **la marranada** (fam.): Schweinerei, Sauerei.
11 **el vicio:** Unart, schlechte Angewohnheit; Laster.
la lejía: (Seifen-)Lauge, kräftiges Putzmittel.
12 **el borracho:** Säufer, Betrunkener.
15 f. **las almendras garrapiñadas:** gebrannte Mandeln.
18 **el tapón:** Pfropfen, Verschluss.
el intestino grueso: Dickdarm.
21 **expulsar:** ausstoßen.
la masa alimenticia: Nahrungsbrei.

Cuando mi madre dice por arriba se refiere a la boca y cuando mi madre dice por abajo se refiere al culo. Mi madre se pone a hablarle al médico de mi culo como si eso fuera un asunto que al médico tuviera que interesarle. Cuando mi madre dice eso de «por abajo» no sé para dónde mirar; creo que el médico también se corta. No me extraña, si yo fuera médico y fuera a ver a un niño, que ni me va ni me viene, no me gustaría que su madre me empezara a hablar del culo del niño ese.

De todas formas, hay veces que no llego a empacharme. Pero, desde luego, te puedo asegurar que el estar castigado me convierte en el tío más plasta que conozco en mi barrio y en el mundo mundial.

Te voy a contar la historia de mi terrible castigo desde el principio de los tiempos:

Esto era un niño estupendo que vivía en el barrio de Carabanchel, un niño cachas y bastante listo, no había otro como él, se llamaba Manolito Gafotas, y no sé si te has percatado, pero ese magnífico niño era yo. Y ese tío sin igual se levanta un terrible lunes – el lunes pasado – y piensa: «Hoy tengo un examen de Co-

8 **ni ir ni venir a alg.** (loc., fam.): jdm. völlig egal sein, jdn. überhaupt nicht interessieren.
11 f. **empacharse:** sich den Magen überladen, verderben.
17 **esto era …:** es war einmal …
18 **cachas** (inv., fam.): athletisch, muskulös.
20 **percatarse (de algo):** etwas erkennen, sich einer Sache bewusst werden.
magnífico/a: großartig, herrlich.
21 **sin igual:** unvergleichlich, der seinesgleichen sucht.
22 f. **Conocimiento del Medio:** Umweltkunde (Unterrichtsfach).

nocimiento del Medio y no tengo ni puñetera idea.» Llamó a su madre ese niño – yo – y le dijo:

– Mamaíta querida, creo que me está subiendo la fiebre por momentos.

Y la madre del niño, la mía, me tocó la frente y me contestó con cruel indiferencia:

– Manolito, vístete que llegas tarde.

– ¿Y si cuando esté en el colegio me sube a 38°? ¿No crees que es mejor prevenir que curar? – le dije yo, que nunca pierdo la esperanza de engañar algún día a mi madre.

– Caliente te voy a poner yo como no te levantes ya.

No había nada que hacer. Cuando mi madre se pone así, me doy cuenta de que no se parece nada a las madres de las canciones y de las poesías: esas madres deben de vivir en América en chalés de dos plantas.

Me fui al colegio y me senté en el pupitre como si me sentara en la silla eléctrica. Le dije al Orejones, que es mi compañero de pupitre y mi gran amigo aunque a veces sea un cerdo traidor:

– Pienso copiarte porque no tengo N.P.I.

Nosotros decimos N.P.I. Desde que un día dijimos «Ni puñetera idea» y nos oyó la maestra, nos dimos cuenta de que la palabra *puñetera* es mejor no pro-

1 **no tener ni puñetera idea** (fam.): etwa: nicht die leiseste Ahnung haben.
3 **mamaíta** (dim., fam.): *mamá*.
6 **la indiferencia:** Gleichgültigkeit.
9 **prevenir es mejor que curar** (loc.): vorbeugen ist besser als heilen.
16 **el chalé:** Landhaus, Bungalow, Villa.
19 **el pupitre:** Schulbank.
21 **N.P.I.:** Abkürzung für ***ni puñetera idea***.

nunciarla dentro de los muros de mi colegio. El Orejones va y me contesta:

– Pues tendremos que copiar del de delante porque yo tampoco tengo N.P.I.

La verdad es que copiar del Orejones era una tontería, nunca pone nada en los exámenes y si pone, es que me lo copia a mí.

Antes de que entrara la señorita, hicimos una encuesta y ni los de delante, ni los de atrás, ni los del techo sabían nada. Esa mañana el mundo mundial estaba N.P.I. Nuestra única salvación se llamaba Paquito Medina.

Paquito Medina vino nuevo este año. No llegó el primer día de clase, sino un mes después. La *sita* Asunción nos avisó:

– Mañana va a venir un niño nuevo, se llama Paquito Medina y no le preguntéis por su padre porque no tiene.

8f. **la encuesta:** Umfrage.
11 **la salvación:** Rettung.

Nos quedamos muy impresionados pensando en lo que nos acababa de decir la *sita*. Al cabo de medio minuto se atrevió a preguntar Yihad:

– ¿Y por qué no tiene?

– Porque se ha muerto.

– ¿Hace mucho? – preguntó Óscar Mayer. (Sólo se llama Óscar, lo de Mayer se lo hemos puesto nosotros por lo de las salchichas.)

– Hace dos meses.

– ¡Hace dos meses! – exclamamos todos a coro como si hubiéramos estado entrenándonos durante veintisiete días.

– ¿Y por qué se murió? ¿Era muy viejo? – esto lo dijo Arturo Román, que dice mi señorita que siempre está en su mundo.

– ¿Cómo va a ser muy viejo si era el padre de Paquito Medina? – dijo la Susana.

– ¿Es que tú conoces a Paquito Medina? – dijo Yihad, que a veces parece tonto.

– No lo he visto en mi vida – le contestó la Susana.

– Se moriría de una enfermedad incurable – dije yo, que siempre me pongo en lo peor.

6 **Óscar Mayer:** Oscar Ferdinand Mayer; US-amerikanischer Wurstfabrikant.
8 **la salchicha:** Wurst, Würstchen.
10 **a coro:** im Chor, zugleich.
11 **entrenarse:** trainieren.
15 **estar en su mundo** (fig.): in seiner eigenen Welt leben.
21 **se moriría:** er wird wohl gestorben sein.
incurable: unheilbar.
22 **ponerse en lo peor:** sich auf das Schlimmste gefasst machen, mit dem Schlimmsten rechnen.

– Se murió de un ataque al corazón – la *sita* Asunción no estaba por la labor de dar muchas explicaciones.

– ¿Y estaba sólo cuando le dio el ataque al corazón? – preguntó el Orejones que quiere saberlo todo hasta el final.

– No lo sé, vamos a empezar con la clase.

– A un amigo de mi padre le dio un ataque al corazón, se lo llevaron muerto al hospital y en el hospital le hicieron revivir con unos electrodos que habían traído de los Estados Unidos – dije yo, porque es totalmente cierto.

– A lo mejor los electrodos se gastaron al revivir al amigo de tu padre, y no les dio tiempo a ir por otros a los Estados Unidos para salvar al padre de Paquito Medina – dijo uno de atrás.

– Pues qué morro tiene el amigo del padre de Manolito – dijo Jessica, *La Gorda* que ya no está gorda.

– Pues qué morro tiene el amigo del tuyo – le grité.

Entonces, unos se pusieron a decir que el amigo de mi padre tenía mucho morro y otros, a defendernos: al amigo de mi padre, a mi padre y a mí.

La *sita* Asunción pegó un puñetazo y seguimos gri-

1 **el ataque al corazón:** Herzinfarkt.
2 **estar por la labor de hacer algo:** imstande/bereit etwas zu tun.
10 **(hacer) revivir:** wiederbeleben.
el electrodo: Elektrode.
13 **gastarse:** sich abnützen, verschleißen; sich verausgaben; aufgebraucht werden.
17 **qué morro tiene** (fam.): wie unverschämt/dreist von ihm.
23f. **pegar un puñetazo/punterazo:** hier: mit dem Zeigestab auf das Pult hauen.

tando. Al tercer punterazo nos callamos. Siempre es así, es matemático.

– Ya está bien. Sólo quiero que os portéis bien con él y que nadie le pregunte por su padre.

– ¿Por qué? – dijo Arturo Román.

La *sita* Asunción le echó de la clase y a nadie se le ocurrió seguir preguntando sobre Paquito Medina. Somos pesados, pero no tontos.

Al día siguiente llegó al colegio Paquito Medina. La *sita* lo sentó en la primera fila. Estuvimos mirándolo mucho durante tres días y pensando en él durante esas tres noches. Al cuarto día, Paquito Medina nos enseñó en el recreo una chapa con el escudo del Rayo Vallecano y nos dijo:

– Yo me llamo Francisco y soy del Rayo Vallecano, como mi padre.

– ¿Tu padre se ha muerto? – le pregunté yo sin darle importancia a la pregunta que todos teníamos en la cabeza, pero que estaba prohibida.

– Sí, es que antes vivíamos en Vallecas, pero cuando mi padre se murió mi madre quiso que nos cambiáramos de barrio.

Nos pasamos todo el recreo preguntándole todos los detalles; al fin y al cabo, era el primer amigo que

13 **enseñar:** hier: zeigen.
la chapa: Anstecker.
el escudo: Wappen.

13f. **el Rayo Vallecano:** Fußballclub des Arbeiterviertels Vallecas im Süden Madrids, die Mannschaft ist nach Real Madrid und Atlético Madrid die dritte in der Hauptstadt, die es bis in die erste spanische Liga schaffen kann.

24 **al fin y al cabo:** schließlich, letzten Endes.

teníamos sin padre. Después de enterarnos de las cosas de su vida anterior, ya casi nadie ha vuelto a hablar sobre esto, a no ser que sea para intentar que Paquito Medina deje el Rayo Vallecano para hacerse del Real Madrid.

Además, Paquito Medina se hizo famoso muy pronto por cosas distintas a la muerte de su padre. Resultó que Paquito Medina es un niño 10. La *sita* siempre dice:

– Paquito Medina es un niño de concurso.

Cuando mi *sita* dice eso, no se refiere a cualquier concurso de la televisión, sino al Premio Nobel o un concurso así.

Paquito Medina se diferencia de los niños normales en que siempre va limpio. Las uñas de Paquito Medina son de exposición universal. Sus dientes nunca tienen restos de bollicao. Los cuadernos de Paquito Medina parecen libros de texto. Paquito Medina se merece el Premio Nobel.

La verdad es que cuando te encuentras con un niño tan listo, eso te come la moral. En el fondo, cuando Paquito dejó de ser el nuevo para convertirse en un

8 **el niño 10:** Musterschüler; das spanische Notensystem kennt zehn Noten, 1–4 sind *suspenso* (durchgefallen), 5 und 6 bedeuten *aprobado* (bestanden), 7 und 8 *notable* (gut) und 9 und 10 *sobresaliente* (sehr gut). Die Note 10 wird in manchen Schulen zur *matrícula de honor*, einer besonderen Auszeichnung.

10 **el niño de concurso:** hier: Wunderkind.

14 **diferenciarse de:** sich unterscheiden von.

16 **la exposición universal:** Weltausstellung (1992, als das Buch entstand, fand in Sevilla die EXPO 92 statt).

18 **el libro de texto:** Schulbuch.

21 **comer la moral a alg.:** jdn. entmutigen, demoralisieren.

viejo como nosotros, todos teníamos la esperanza de que Paquito Medina fallara en algo, en gimnasia, por ejemplo. Pero ni eso. Paquito sale al patio con un chándal azul marino con unas botas que ponen «Rayo Vallecano» y salta el potro como si fuera un olímpico japonés.

Paquito Medina nunca insulta a nadie, no se pega con Yihad y jamás le pega patadas a la cartera de los demás. Paquito Medina no es como nosotros.

El Orejones dice que Paquito Medina es un marciano que han puesto los seres de otros planetas en nuestro colegio para volvernos locos de envidia y que, cuando nos haya vuelto locos a nosotros, se irá a otros colegios, y a otros, y a otros. Así hasta que la infancia del mundo mundial sea aniquilada por Paquito Medina, ese extraño ser.

La prueba inequívoca de que Paquito Medina es un marciano la tuvimos un día en los vestuarios. Resulta que tiene dos ombligos, uno más pequeño al lado del otro normal que tenemos los terrícolas. Mi teoría es que Paquito Medina procede de un planeta en que las

4 **azul marino:** marineblau.
5 **saltar el potro:** über den Bock springen.
el olímpico / la olímpica: Olympionike/Olympionikin.
10f. **el marciano:** Marsmensch.
11 **el ser:** (Lebe-)Wesen.
14 **la infancia:** hier: (alle) Kinder.
15 **aniquilar:** auslöschen, vernichten.
17 **la prueba inequívoca de que:** der eindeutige Beweis, dass.
19 **el ombligo:** (Bauch-)Nabel.
20 **el terrícola:** Erdbewohner, Erdling.
21 **proceder de:** (her)kommen, stammen aus/von.

mujeres son siamesas y los niños están unidos a sus madres por dos cordones umbilicales. En el vestuario le hicimos mil quinientas preguntas sobre su ombligo extra, pero Paquito Medina no responde a esa pregunta. Sólo dice:

– Es de nacimiento.

Ésa es la prueba de que Paquito Medina no es de este mundo.

Bueno, no sé si te acuerdas de que hace mucho rato te conté que un día fui a clase sin tener N.P.I. de un examen de Conocimiento del Medio. Te conté también que toda mi fila tenía la mente en blanco, como yo. Así que le preguntamos a Paquito Medina si le im-

1 **los (hermanos) siameses / las (hermanas) siamesas:** siamesische Zwillinge.
2 **el cordón umbilical:** Nabelschnur.
12 **la fila:** hier: Bankreihe (Schule).
tener la mente en blanco (fig.): sich nicht erinnern (können).

portaba que todos lo copiáramos. La verdad es que una vez que te ves en la obligación vital de copiar de alguien, te da igual que sea del planeta Tierra o de otro planeta; al fin y al cabo, todos damos vueltas alrededor del Sol.

Paquito Medina se puso muy contento cuando le pedimos ese pequeño favor. Ésta es otra prueba de que Paquito Medina es un extraterrestre, porque yo dejo que copie uno y pagando, pero no toda una fila, no te joroba.

La *sita* Asunción nos puso una pregunta despiadada sobre los estados líquidos, sólidos y gaseosos. Todos la miramos con cara de odio; una pregunta como ésa no se la deseo yo ni a mi peor enemigo.

Paquito Medina empezó a escribir dejando que el de atrás pudiera copiar, el de atrás hizo lo mismo con el de más atrás, así hasta el Orejones y yo, que somos de las últimas filas.

Yo estaba emocionado. En esos momentos, es cuando piensas que la paz mundial es posible, porque los seres humanos forman una gran cadena de amistad. Yo le puse el examen a Yihad para que copiara, porque está detrás de mí, pero Yihad, que es un separatista, va y dice:

– Yo me he traído mi chuleta de mi casa y no tengo por qué copiarle a Paquito Medina.

2 **verse en la obligación vital de** (+ inf.): sich gezwungen sehen zu, keinen anderen Ausweg mehr sehen als.
12 **líquido/a:** flüssig.
sólido/a: fest.
gaseoso/a: gasförmig.
25 **la chuleta** (fam.): Spickzettel.

Así que Yihad se sacó la chuleta de la nariz. Se la mete ahí hecha un rollo diminuto, y eso que una vez le tuvo que llevar su madre a urgencias, porque las chuletas habían ido trepando por las fosas nasales y estaban a punto de destrozarle el cerebro.

Al día siguiente todos esperábamos la nota de nuestro examen. Yo me imaginaba a la *sita* Asunción diciendo: «Manolito García Moreno, un 10 como una catedral.»

Me imaginaba llegando a mi casa con mi 10 y me imaginaba a mi madre contándoselo a la Luisa: «Mi Manolito ha sacado un 10 como una catedral.»

Pero no fue así, la vida real nunca coincide con mis proyectos mentales. La *sita* Asunción llegó a la clase y, en vez de empezar a repartir dieces, empezó a repartir cartas. Nadie se explicaba por qué. Fuimos diez niños los que tuvimos nuestro sobre: Yo, el Orejones, la Susana, Arturo Román, Jessica la ex gorda, Paquito Medina y otros cuatro que no conoces. La *sita* dijo por fin:

– Sois tan tontos que no sabéis ni copiar.

Resultó que la *sita* nos había pillado. Resultó que Paquito Medina tuvo un fallo mortal y se equivocó de

2 **diminuto/a:** winzig.
3 **llevar a alg. a urgencias:** jdn. zur Notaufnahme bringen.
4 **trepar:** (hinauf)klettern.
la fosa nasal: Nasenhöhle.
8 **un 10 como una catedral** (fig.): etwa: Bombeneinser.
11 **sacar:** hier: bekommen.
12 **coincidir con:** übereinstimmen, sich decken mit.
14 **repartir:** austeilen, verteilen.
22 **el fallo mortal:** tödliche Irrtum.

pregunta; en vez de escribir sobre los estados líquidos y los gaseosos, escribió sobre las capas de la atmósfera, ya sabes, la estratosfera entre otras.

Paquito Medina se había equivocado y los demás éramos tontos, lo dijo la *sita* Asunción. Quería que nuestros padres se enteraran de que, por no saber, no sabíamos ni copiar. Por primera vez, se enfadó con Paquito Medina porque, según mi *sita* Asunción, dejarse copiar también es de tontos, y que un niño tan listo se equivocase de pregunta era imperdonable. Paquito Medina ha perdido puntos, la Academia Sueca ya no le concederá este año el Premio Nobel.

Lo más gracioso es que Yihad había aprobado. A veces la vida tiene sorpresas tan desagradables como ésa. Menos mal que sólo sacó un seis, dice Yihad que los mocos no le dejaron ver las letras. Que se fastidie.

El Orejones y yo íbamos de vuelta a casa con la carta en nuestra cartera. Hay veces que las cartas pesan como el acero puro, sobre todo cuando llevan malas noticias. El Orejones no tenía tanto miedo como yo, porque como su madre está separada de su padre y se siente culpable de todo lo que le salga mal al Orejo-

2 f. **las capas de la atmósfera:** Schichten der Atmosphäre.
3 **la estratosfera:** Stratosphäre, zweite Schicht der Erdatmosphäre.
6 **por no saber:** aus Unwissenheit/Dummheit.
10 **imperdonable:** unverzeihlich.
12 **conceder:** zusprechen, zuteilen.
16 **los mocos** (pl.!): Rotz, Nasenschleim (*el moco:* Popel).
que se fastidie (fam.): geschieht ihm recht!
17 **ir de vuelta a casa:** nach Hause gehen.
19 **el acero:** Stahl.
22 **todo lo que le salga mal:** alles, was bei ihm schlecht läuft / ihm misslingt.

nes, casi nunca le regaña, así que al Orejones los ceros le entran por un oído y le salen por el otro.

Pero yo siempre me la cargo, de mí nadie tiene piedad ni compasión. Ya estaba sintiendo la colleja que me iba a dar mi madre. Cómo me dolía. Menos mal que mi padre llega tan tarde por las noches y está tan cansado que no tiene ganas ni de regañarme. Por eso me gusta que mi padre sea camionero. Si trabajara en una oficina, como el padre de Susana, llegaría a las cinco de la tarde con energías para echarle la bronca a un regimiento. De todas formas, me basta y me sobra con mi madre. Mi abuelo la llama la Coronela, pero se lo llama a sus espaldas, porque a la cara no se atreve. Por algo es la Coronela.

Paquito Medina nos alcanzó al Orejones y a mí. Estaba tan fresco.

– A mí también me ha dado un sobre la *sita* Asunción – dijo.

Lo enseñaba como si fuera un diploma.

– ¿Y qué pasa, es que al único que le riñen en su ca-

1 **los ceros:** hier: null Punkte (in der Prüfung).
2 **el oído:** Gehör(sinn); hier: Ohr.
3 **siempre me la cargo:** etwa: mir wird immer die Schuld zugeschoben, ich krieg es immer ab.
4 **la compasión:** Mitleid, Erbarmen.
8 **el camionero:** Fernfahrer, Lkw-Fahrer.
11 **bastar y sobrar:** vollauf genügen.
12 **la Coronela:** Frau Oberst.
13 **a sus espaldas:** hinter ihrem Rücken.
14 **por algo:** hier: aus gutem Grund, nicht umsonst.
15 **alcanzar a alg.:** jemanden einholen.
15f. **estaba tan fresco/a** (fam.): etwa: er war ganz gelassen.

sa es a mí? – eché a andar pisando el suelo con rabia, estaba hasta las narices de mis amigos.

Paquito Medina corrió otra vez para alcanzarme.

– ¡Manolito! A mí también van a reñirme.

– No me lo creo – cómo iba a creer a un tío que te dice que le van a reñir y está tan pancho.

– Te lo juro por mi padre.

Si lo juraba por su padre, entonces la cosa sí que era para creérsela. De todas formas, Paquito Medina siempre era raro.

– ¿Y te da igual que te riñan?

– No, no me da igual – se había puesto muy serio –. Tampoco me reñirán mucho porque yo siempre me porto bien. No sé cómo lo hago, pero yo siempre me porto bien.

– A mí me pasa al contrario – le dije –. No sé cómo lo hago, pero yo siempre me porto mal.

– Y estoy harto – dijo Paquito Medina.

– Yo también estoy harto.

– Si un día te sientas detrás de mí, te dejaré copiar – me prometió.

– Que sea un día que no te equivoques de pregunta, si no te importa.

Y dijo que no, que no le importaba. También dijo una cosa Paquito Medina de la que pienso acordarme mientras viva:

– Cuando te ocurre algo malo tienes que pensar que se te pasará; aunque tú no lo creas, se te pasará, y a

1 **echar a andar pisando el suelo con rabia:** wütend davonstapfen.
26 **mientras** (+ subj.): solange.
27 f. **que se te pasará:** dass es vorübergeht, bald vorbei ist.

veces te acordarás de las cosas como si le hubieran pasado a otro.

– ¿Y tú por qué lo sabes?

– Porque me lo dijo mi padre una vez.

Yo procuré pensarlo en el momento en que mi madre abría la carta del colegio; pensé: «Esto que me está pasando, dentro de tres meses, me dará igual y dentro de tres años me parecerá que le ha pasado a otro.» Intenté seguir pensándolo cuando vi con qué ojos me miraba una vez que la leyó, y ya no pude pensarlo cuando me echó la bronca, cuando me dio la colleja famosa en el mundo entero y cuando me castigó para este fin de semana.

Ahora sólo puedo pensar en que me quedan dos días de estar encerrado, peor que un gorila del zoo, correoso como el pan, hasta las narices de comer panchitos. Y pienso también en que está claro que Paquito Medina no es un ser de este planeta. No sé si será de Marte, o de Venus, o de Júpiter. Sea del que sea, está claro que los habitantes de su planeta son más buenos que los del mío.

5 **procurar** (+ inf.): versuchen zu.
19 **el Marte:** Mars.

No sé por qué lo hice

No sé por qué lo hice. La idea se me ocurrió cuando íbamos de camino a casa el Orejones y yo. Estábamos jugando a las palabras encadenadas. La Susana dice que es un juego bastante idiota, pero si tuviéramos que hacerle caso a la niña esa, no jugaríamos a nada; siempre tiene que decir:

– Ese juego es bastante idiota.

– Pues invéntate tú uno, no te fastidia – le dije yo un día que me tenía hasta las mismísimas narices.

Para qué le diría nada. Se le ocurrió que nos quedaríamos en mitad de la carretera hasta que viniera un coche y, a última hora, echaríamos a correr. Íbamos por parejas y ganaba la pareja que aguantara más tiempo plantada con las manos cogidas tapando la calle. Los señores de los coches sacaron las manos de sus

4 **encadenado/a:** verkettet, aneinandergekettet; hier: aneinandergereiht.
6 **hacer caso a alg.** (fig.): auf jdn. hören; jdn. beachten (*no hacer caso a alg.*, fig.: jdn. links liegenlassen).
10 **me tenía hasta las mismísimas narices** (fam.): ich hatte die Nase gestrichen voll.
11 **para qué le diría nada:** hätte ich das nur nicht gesagt.
13 **a última hora:** im lezten Augenblick, in der letzten Sekunde.
14 **por parejas:** paarweise, zu zweit.
15 **con las manos cogidas:** Hand in Hand, Händchen haltend.
tapar: hier: versperren.

ventanillas y pitaron cuando vieron que Yihad y la Susana no se apartaban. Yo estaba tragando bastante saliva y el corazón se me había trasladado a la garganta. Al Orejones se le habían puesto las orejas como dos tomates. Es que tiene un procedimiento por el cual las orejas le cambian de color cuando acecha el peligro. Científicos de todo el mundo han intentado encontrarle una explicación a eso y no la han encontrado. Dice mi abuelo que es que la ciencia no siempre tiene respuestas para todo.

Bueno, pues llegó el momento X y el Orejones y yo nos pusimos en mitad de la calle cogidos de la mano. De repente, vimos que se acercaba sin piedad un autocar. Al Orejones y a mí nos empezó a dar la famosa risa de la muerte, una risa que te da cuando te estás muriendo en el Polo Norte. El Orejones se soltó de mi mano y se fue a la acera. Yihad gritaba:

– ¡Mirad, qué valiente es el tío!

El tío era yo, Manolito Gafotas. Un autocar no podía conmigo, ni un autocar ni un Jumbo podían conmigo porque yo, con el poder de mi mente, iba a parar

1 **pitar:** hupen.
2 **apartarse:** aus dem Weg gehen, beiseite treten.
3 **el corazón se me había trasladado a la garganta:** das Herz schlug mir bis zum Hals.
5 **el procedimiento:** Methode, Vorgehensweise.
6 **acechar:** lauern.
15 **la risa de la muerte:** Lachen im Angesicht des Todes.
16 **soltarse:** sich losreißen.
17 **la acera:** Gehsteig.
19f. **no poder con alg.** (fam.): mit jdm. nicht fertig werden, jdn. nicht bezwingen können.

a aquel monstruo de cuatro ruedas. No veas la sorpresa que me llevé cuando vi que el autocar se detenía, porque una cosa es que tú te imaginas que tu mente tiene superpoderes y otra muy distinta que los tenga de verdad. El autocar se paró en redondo – ¡ay!, no, se paró en seco, que me he equivocado de frase –. Mis amigos me aplaudían. De repente vi que la puerta del autocar se abría y pensé: Ahora me va a preguntar el conductor: «¿Cómo lo has hecho, Manolito? ¿Cómo has podido con la fuerza de tu mente arrebatarme el control de los mandos?»

Pero en seguida me di cuenta de que el conductor jamás me preguntaría eso. No era un conductor desconocido, era el señor Solís, el conductor del autobús del colegio y, cuando le tuve a dos metros y medio, supe que no me iba a felicitar por el poder de mi mente.

El señor Solís me cogió del abrigo para llevarme a la directora. El señor Solís me decía que si no me daba cuenta de que podía haberme matado y haberse matado él. El señor Solís me llamó Niño-loco-kamikaze. Mis amigos habían dejado de aplaudir y habían dejado la acera; en realidad, habían desapareci-

1f. **no veas la sorpresa que me llevé** (fam.): stell dir vor, wie überrascht ich war.
2 **detenerse:** halten, stehenbleiben, anhalten.
4 **el superpoder:** übernatürliche Kraft.
5 **en redondo:** klar und deutlich.
¡ay! (interj.): ach!, oh! (auch: au[a]!).
6 **en seco:** ganz plötzlich, abrupt.
10 **arrebatar:** entreißen, wegnehmen.
11 **el mando:** Steuerung, Schaltung.

do. El señor Solís me gritaba tan fuerte que un perdigón de su saliva se me quedó en el cristal de las gafas. De repente, unos coches, que estaban detrás del autocar del señor Solís, se pusieron a pitar porque querían pasar. El señor Solís tuvo que montarse en el autocar y me dijo que por esta vez me libraba por los pelos

1 f. **el perdigón:** Schrotkorn; hier (fig.): ein wenig, eine kleine Ladung (Spucke).

6 **librar por los pelos a alg. de algo** (fam.): etwa: jdn. im letzten Moment vor etwas retten/bewahren.

de la silla eléctrica y que me fuera cuanto más lejos mejor.

Me volví a mi casa solo con el perdigón del señor Solís en la gafa derecha, porque hay momentos en la vida en los que uno no está ni para limpiarse un perdigón. Aquella tarde no quise merendar, y casi no cené. Mi madre decía:

– A éste le pasa algo.

Así que tuve que disimular, porque no quería que mi madre se enterara de que su hijo era mucho peor de lo que ella imaginaba.

Por la noche soñé que el señor Solís y yo estábamos muertos en dos cajas, uno al lado de otro. No me molestaba estar en aquel ataúd; lo que sí que me molestaba era que nadie se había preocupado de limpiarme el famoso perdigón del señor Solís, y no podía ver quién había asistido a mi entierro.

Me desperté sudando, como se despiertan los protagonistas de las películas, y desperté a mi abuelo para contarle lo que me había pasado. Mi abuelo me dijo que yo no tenía que hacer siempre lo que me decían mis amigos, y que ser valiente no era hacer lo que quisieran los más chulitos, y que si Yihad y la Susana fueran tan valientes como dicen, se habrían quedado a defender a un amigo.

O sea, que mi abuelo le daba la razón al señor Solís.

1 f. **cuanto más lejos mejor:** je weiter, desto besser; so weit wie möglich.
13 **la caja:** hier: Sarg.
14 **el ataúd:** Sarg.
17 **asistir a algo:** an etwas teilnehmen, einer Sache beiwohnen.
el entierro: Begräbnis.
26 **dar la razón a alg.:** jdm. recht geben.

Era la primera vez en mi vida que mi abuelo se ponía de parte del otro bando, así que me puse a llorar, porque la verdad es que me sentía bastante solo en el planeta Tierra. Entonces mi abuelo me dijo que, como estaba seguro de que no iba a hacer más una tontería tan grande, a partir de ahora jamás nos acordaríamos de eso y que, al fin y al cabo, todo el mundo se equivoca, sobre todo el que tiene boca, y que a dormir.

Así que como te dije al principio, el Orejones y yo íbamos por el camino a los pocos días de aquella terrible historia jugando a las palabras encadenadas. Él decía:

– Chapa.

– Pato – seguía yo.

Como verás, es un juego bastante menos peligroso que los que les gustan a la Susana y a Yihad. Lo único que tiene de malo es que al final siempre quedamos empatados porque uno dice:

– Monja.

– Jamón – sigue el otro.

– Monja.

– ¡Jamón!

Y así, hasta el final de los tiempos o hasta que nos

1 f. **ponerse de parte del otro bando:** sich auf die Seite des Gegners stellen (*el bando:* Partei).

7 f. **todo el mundo se equivoca, sobre todo el que tiene boca** (fig.): etwa: wo gehobelt wird, fallen Späne; niemand ist vollkommen.

8 **y que a dormir:** und dass ich jetzt weiterschlafen solle.

13 **la chapa:** Blech.

18 **empatado/a:** unentschieden (*empatar:* unentschieden ausgehen).

19 **la monja:** Nonne (*el monje:* Mönch).

despedimos y cada uno se va por su lado, porque ya estamos hartos el uno del otro.

Bueno, pues habíamos acabado el famoso juego de las palabras encadenadas, cuando a mí se me ocurrió lo que iba a hacer minutos más tarde. Le dije al Orejones adiós con la barbilla y me fui corriendo hasta el portal. Allí abrí mi cartera con temblores de emoción y saqué mis tres rotuladores, unos rotuladores gordos que nos regala por Navidad Martín, el de la Pescadería, y que ponen en un lado «Felices Pascuas. Pescadería Martín». Mi madre, que siempre le tiene que poner pegas a todo, dice: «Más contentas estaríamos sus clientas si nos regalara un kilo de gambas.»

Le quité los capuchones a los superrotuladores y empecé a subir la escalera pasando las puntas por la

7 **con temblores de emoción:** vor Aufregung zitternd.
11 f. **poner pegas a alg.:** jdn. kritisieren, etwas an jdm. auszusetzen haben.
14 **el capuchón:** Deckel, Kappe.

pared. «Cómo mola», pensé. Hacía tres rayas: una roja, una azul y una negra. Procuraba que quedaran muy rectas para que pareciera una barandilla. No es por nada, pero me estaba quedando fuera de lo normal. Haciendo mi barandilla fantástica subí hasta el tercero. ¿Por qué subí hasta el tercero? Porque yo vivo en el tercero, como saben todos los españoles.

Me abrió la puerta mi madre y me miró las manos, como siempre que llego de la calle. Mi madre te mira las manos y sabe dónde has estado, a qué hora y a veces, hasta con quién. Una vez, llegamos mi abuelo y yo a casa un poco tarde. Mi madre me cogió las manos, me las olió y le dijo a mi abuelo: «Te parecerá bonito invitarle al niño a gambas. Ahora la comida me la como yo.»

Ya te digo, mi madre no trabaja en la CIA porque los americanos no le han dado una oportunidad, pero es una espía de primera calidad.

Bueno, pues estábamos en que me miró las manos y me las vio llenas de manchas de rotulador. De repente, se quedó más pálida que una muerta viendo mi barandilla fantástica. Empezó a bajar las escaleras siguiendo su rastro y creo que llegó hasta el portal. El Imbécil la seguía pasando el dedo por las líneas de colores. Luego la oí subir muy despacio. Cuando mi ma-

3 **la barandilla:** Geländer.
3f. **no es por nada:** es ist ja nichts Besonderes.
18 **el/la espía:** Spion(in).
19 **estábamos en que** (fam.): wir waren gerade dabei / sprachen gerade darüber, dass.
21 **pálido/a:** blass, bleich.
23 **el rastro:** Spur, Fährte.

dre hace algo muy despacio es que está a punto de estallar la Tercera Guerra Mundial; así que, cuando iba por el segundo, me puse a llorar, a ver si así evitaba que me condenaran a muerte. Lloraba suavecito porque algo me decía que tenía que guardar mis reservas de lágrimas para las próximas cinco horas.

La intuición no me había fallado, amigos. Cuando

1f. **estallar:** hier: ausbrechen, losbrechen.
4 **condenar a muerte a alg.:** jdn. zum Tode verurteilen.
suavecito (dim.): *suave* (hier adverbial verwendet)
5 **guardar:** aufbewahren, aufsparen.

mi madre llegó al tercero me dio mi colleja correspondiente.

A mi madre no la contratan para *Karate Kid, tercera parte*, porque no hay justicia en este mundo, pero mi madre es cien mil veces mejor que el maestro de Karate Kid. Cuando me dio la colleja que te he dicho, yo pensé: «Pues vaya golpe más tonto.»

Pero a la media hora empecé a sentir un calor repentino en la parte afectada. Si en ese momento me hubieran echado un huevo en la nuca, el huevo se habría frito. Con eso lo digo todo. Aun así, prefiero mil veces una colleja a las broncas de viva voz. Cuando mi madre encuentra un buen tema por el que reñirte, estás acabado. El rollo repollo puede durar semanas, a veces meses, incluso años.

Aquel día el asunto tenía muy mala pinta. Mi madre dijo:

– Este niño me va a matar. Ha dibujado con los rotuladores por toda la escalera y se acababa de pintar. Encima no podemos ocultar que ha sido él, porque las rayas que ha hecho el monicaco este llegan hasta

3 **contratar a alg.:** jdn. einstellen, unter Vertrag nehmen.
8f. **repentino/a:** plötzliche(r), jähe(r).
9 **en la parte afectada:** an der betroffenen Stelle.
10f. **el huevo se habría frito:** es wäre ein Spiegelei geworden.
11 **aun así:** auch so noch; trotzdem.
12 **a la bronca de viva voz** (fam.): als angebrüllt/angeschnauzt zu werden (*de viva voz:* mündlich).
13f. **estar acabado/a:** erledigt sein.
16 **tener muy mala pinta** (fam.): sehr schlecht aussehen.
20 **ocultar:** verbergen, verheimlichen.
21 **el monicaco** (fam., pey.): Trottel.

nuestra parte. La comunidad nos hará pagar la pintura, nos quedaremos sin dinero …

Mi madre seguía, seguía y seguía hablando, pero yo ya no la escuchaba. Las lágrimas que ahora salían de mis ojos eran de pena. Me imaginaba a mí y a toda mi familia en la calle, muertos de frío, con agujeros en la camiseta, pidiendo limosna y un bocadillo de nocilla para merendar, como aquella familia que vimos un día en la Puerta del Sol que cantaban para ganarse las limosnas. Mi abuelo les dio trescientas pesetas para que se callasen un rato, porque él personalmente no los podía soportar. La gente aplaudió la increíble idea de mi abuelo, porque la verdad es que aquella familia cantaba peor que todas las familias que he conocido en la vida. Dice mi abuelo que ahora esa familia se gana la vida yendo a los parques con un cartel que dice: «Si no nos das limosna, cantamos (tenemos flauta y guitarra de cuatro cuerdas).»

Creo que les va bastante bien; la gente les llena la gorra de monedas de oro. Mi abuelo es un fuera de serie arreglándole la vida a la gente; es como Supermán, pero con menos poderes; el Imbécil y yo le llamamos Superpróstata.

1 **la comunidad:** hier: Mieter-/Eigentümergemeinschaft.
6f. **el agujero:** Loch.
7 **pedir limosna:** betteln (*la[s] limosna[s]:* Almosen).
8 **nocilla:** Nutella.
12 **soportar:** ertragen, aushalten.
17 **el cartel:** Plakat, Schild.
18f. **la cuerda:** hier: Saite.
21f. **ser un fuera de serie:** einsame Klasse/Spitze sein.

Mi madre seguía a lo suyo:

– Dentro de un rato empezarán a venir los vecinos a decirme: «A ver si le atas las manos a tu Manolito» y «¿ahora quién va a pagar el arreglo?» Y luego por la noche vendrá tu padre y me dirá: «La culpa la tienes tú que le regalas los rotuladores» y «me dirás cómo pagamos este mes este imprevisto.»

Entonces mi abuelo se levantó de la silla como si estuviera en el Congreso de los Diputados, levantó la mano como para decir algo muy importante y dijo:

– No os preocupéis porque … voy un momento al váter.

No es que no nos tuviéramos que preocupar porque iba al váter, es que a veces las ganas le entran repentinamente por culpa de la próstata maldita y tiene que interrumpir las mejores frases de su vida. Volvió en seguida:

– No os preocupéis porque esto lo va a arreglar el abuelo Nicolás.

El Imbécil se puso a aplaudir. Para él todo es muy sencillo en la vida; a mí me pasaba igual cuando era pequeño.

– Catalina – siguió diciendo mi abuelo en su silla del Congreso de los Diputados –, ni una palabra más.

1 **seguía a lo suyo:** etwa: fuhr mit ihrem Gezeter fort, jammerte weiter.

4 **el arreglo:** Reparatur.

7 **el imprevisto** (sg.!): unvorhergesehene Ausgaben (auch: unerwartetes Ereignis).

9 **el Congreso (de los Diputados):** Kongress; hier: Abgeordnetenkammer, -haus.

Cuando mi madre se fue a recoger la cocina, mi abuelo me pidió con bastante misterio más rotuladores. Yo fui a la cartera y se los di. Me guiñó un ojo y salió por la puerta sin decir esta boca es mía.

Me quedé sentado en el sofá, pero la curiosidad no me dejaba vivir ni un segundo más en el globo terráqueo. Salí por la puerta igual de sigilosamente que había salido mi abuelo. Cuando vi lo que vi, no podía creerlo. A ti te hubiera pasado lo mismo:

Mi abuelo estaba pintando con los rotuladores otras tres rayas del tercero al cuarto. Me acerqué a él muy despacio y le dije bajito:

– Abuelo.

– Joé, Manolito, casi me matas del susto – me confesó.

Los dos hablábamos tan bajo como cuando estamos en la cama.

– ¿Qué haces, abuelo?

– Voy a pintar las rayas hasta el cuarto, así nadie tiene por qué echarte la culpa. Se la pueden echar también al del cuarto. Por mucho que te acusen, tú niégalo todo. Y ahora, vete a casa.

1 **recoger:** hier: aufräumen.
3 **guiñar un ojo a alg.:** jdm. zublinzeln.
4 **sin decir esta boca es mía** (fig.): ohne ein Wörtchen zu sagen, ohne den Mund aufzumachen.
6f. **el globo terráqueo:** Erdball, -kugel.
7 **sigilosamente:** diskret, leise.
14 **matarle a alg. del susto:** jdn. zu Tode erschrecken (*el susto:* Schreck[en]).
20 **echar la culpa a alg.:** jdn. beschuldigen, jdm. die Schuld geben.
21 **por mucho que** (+ subj.): so sehr / wie sehr auch.

Superpróstata actuaba de nuevo. Me metí en mi casa y al cabo de cinco minutos empezamos a escuchar gritos en el descansillo. Mi madre, el Imbécil y yo salimos a la escalera. La Luisa subió desde el segundo, y uno, que no sé cómo se llama, bajó desde el quinto. El del cuarto gritaba:

– ¡De repente, abro la puerta y qué veo, a don Nicolás haciendo rayas de rotulador al lado de mi puerta, y claro, yo eso no lo pudo tolerar, hasta ahí podíamos llegar!

Los vecinos empezaron a darse cuenta de que toda la escalera tenía las famosas rayas. Mi madre estaba callada y cuando mi madre está callada es que la Tierra ha dejado de girar alrededor del Sol, eso está demostrado. La Luisa tomó la palabra:

– Don Nicolás, estas cosas tienen un pase si las hace un niño como Manolito, pero cuando las hace una persona mayor son de juzgado de guardia.

Creo que era mi oportunidad histórica para decir que había sido yo, pero mi abuelo se me adelantó:

– Señoras, señores – dijo con la voz de los actores cuando se mueren en las películas –, creo que estoy a punto de desmayarme.

3 **el descansillo:** Treppenabsatz.
9f. **hasta ahí podíamos llegar** (loc.): wo kämen wir denn da hin!, das wäre ja noch schöner!
16 **tienen un pase:** etwa: mögen noch durchgehen.
18 **ser de juzgado de guardia:** ein Skandal / skandalös sein (*el juzgado de guardia:* Bezirksgericht).
20 **adelantarse a alg.:** jdm. zuvorkommen.
23 **desmayarse:** ohnmächtig werden.

Mi madre le cogió del brazo y se metieron los dos para casa. Los vecinos se quedaron en silencio sin saber qué decirse los unos a los otros. La Luisa, que siempre tiene que romper el hielo, hizo un diagnóstico de urgencia:

– Eso es falta de riego sanguíneo. Mi abuelo empezó también a hacer tonterías por falta de riego sanguíneo. A los tres meses y medio murió.

Ahora sí que me puse a llorar. La Luisa me estrujó entre sus brazos, me limpiaba las lágrimas con las manos; las manos le olían a ajo; en casa de la Luisa hasta el postre se come con ajo. Lo he visto con mis propias gafas.

El del cuarto no sabía dónde meterse, porque ahora nadie en la escalera veía bien eso de gritar a un abuelo con falta de riego sanguíneo.

Salió mi madre, me salvó de los brazos estrujantes de la Luisa y me puso entre los suyos. Las manos de mi madre olían a Pril-Limón, que es el lavavajillas que se usa en mi casa. Mi madre dijo:

– No quería que nadie lo supiera, pero … mi padre

1 f. **meterse para casa:** ins Haus gehen, hineingehen.
4 **el diagnóstico de urgencia:** Schnelldiagnose.
6 **el riego sanguíneo:** Durchblutung.
7 **por falta de:** mangels, aus Mangel an.
9 **estrujar:** hier: zerquetschen, zerdrücken.
12 **el ajo:** Knoblauch.
14 **no saber dónde meterse** (fig.): nicht wissen, wo man hinschauen soll; vor Scham im Boden versinken.
15 **ver bien algo:** eine Sache gut finden.
17 **estrujante:** etwa: einquetschend, erdrückend (eine Wortschöpfung Manolitos).
19 **el lavavajillas:** Spülmaschine; hier: Geschirrspülmittel.

tiene demencia senil, por eso ha hecho lo de la escalera, porque pierde la cabeza. Pagaremos lo que haga falta.

La Luisa dijo que de ninguna manera, que al fin y al cabo las rayas no molestaban a nadie y que había que tener caridad de esos pobres ancianos que dentro de poco iban a abandonar el planeta Tierra. Yo estaba alucinado: eso de descubrir que tu abuelo es un viejo loco al que le quedan tres meses y medio de vida era muy duro para un nieto como yo.

Todo el mundo se despidió bastante triste; casi nos estaban dando el pésame. El del cuarto se fue a su piso como ese asesino de abuelos en el que se acababa de convertir, y nosotros nos metimos en casa. A partir de ese momento me quedé en un rincón mirando lo que hacía mi abuelo: estaba tan pancho mojando un donuts de hacía días en un vaso de leche.

A él siempre le gustan las cosas que se quedan duras, el pan o los bollos, para deshacerlas en la leche con azúcar. Es lo que él llama «el célebre soperío».

1 **la demencia senil:** Altersdemenz.
2 **perder la cabeza** (fig.): den Verstand verlieren.
6 **tener caridad** (f.) **de alg.:** mit jdm. barmherzig sein.
los ancianos: alte Menschen (*anciano/a:* alt, betagt).
8 **alucinado/a** (fam.): verblüfft, baff.
13 **dar el pésame a alg.:** jdm. das Beileid aussprechen.
16 **el rincón:** Winkel, Ecke.
18 **mojar:** nassmachen, eintunken.
21 **deshacer:** aufmachen, auflösen; hier: weichmachen.
22 **el célebre soperío:** etwa: die berühmte Suppentunke.

De repente, mi pobre abuelo me pareció muy raro: no era muy normal que siempre prefiriera los bollos duros, el pan de anteayer y que fuera buscando en la nevera los restos del día anterior. Mi madre siempre decía: «En mi casa no se tira comida a la basura, de eso se encarga el abuelo. Lo podían contratar en el Vertedero.»

Me daba mucha pena tener un abuelo loco, la verdad. Me daba pena y miedo: ¿Mira que si me atacaba al anochecer?

El anochecer llegó y también la noche. Las cosas no son fáciles cuando tienes la obligación de acostarte con un abuelo loco, pero eso a nadie parecía importarle. Mi padre protestaba por la cena, como siempre:

– Otra vez acelgas, otra vez pasto. Catalina, me vas a matar de aburrimiento.

Y el Imbécil se reía con las tonterías de mi abuelo como todas las noches, sin saber que no eran tonterías sino demencia por falta de riego sanguíneo. Le dije a mi madre cuando me estaba lavando los pies para ir a acostarme:

– ¿Puedo dormir con el Imbécil?

– Hijo mío, qué mosca te ha picado. Nunca has querido acostarte con él; tuvimos que cerrar la terraza pa-

6 **encargarse de algo:** sich um etwas kümmern, etwas übernehmen.
7 **el vertedero:** Müllkippe, -deponie.
9 **mira que:** hier: stell dir vor.
10 **al anochecer:** bei Einbruch der Dunkelheit, wenn es Nacht wird.
15 **la acelga:** Mangold.
el pasto: Grünzeug, -futter.
23 **hijo mío:** mein liebes Kind.
qué mosca te ha picado (fam.): was ist nur in dich gefahren?

ra que pudieras estar con tu abuelo y ahora me dices que quieres dormir con tu hermano. Estás como una cabra.

– ¿La locura es hereditaria?

– ¿No me estarás llamando loca?

– No, lo digo por el abuelo.

– Ah, ése – dijo mi madre echándose a reír misteriosamente –, ése está como un cencerro.

El momento de la verdad había llegado. Mi abuelo y yo a oscuras en la habitación, con la radio puesta como todas las noches de nuestra vida.

– Venga, Manolito, majo, ven a calentarme los pies.

Eso me dijo, y me dio las veinticinco pesetas para la hucha, como todas las noches de nuestra vida. Y yo me metí en su cama. ¿Serías tú tan valiente de decirle que no a un loco sin riego sanguíneo? Cuando los pies de mi abuelo ya estaban calientes, suspiró y dijo la misma frase de antes de dormir:

– Qué alivio, esto ya es otra cosa – pero esa noche, mi abuelo siguió hablando –. Al principio casi me da un paro cardíaco cuando el tío del cuarto abrió la puerta y me pilló haciendo las rayas en su descansillo;

2f. **estar como una cabra** (fam.): spinnen, total verrückt sein, eine Schraube locker haben.
4 **la locura:** Verrücktheit, Wahnsinn.
hereditario/a: erblich, vererbbar.
7 **echarse a reír:** (laut) auflachen.
8 **(loco/a) como un cencerro** (fam.): (total) verrückt, nicht ganz dicht (*el cencerro:* Leithammel).
10 **a oscuras:** im Dunkeln.
17 **suspirar:** seufzen.
21 **el paro cardíaco:** Herzstillstand.

luego se me ocurrió lo del mareo, y luego a tu madre lo de la demencia senil. No me dirás que no lo hemos hecho bien entre todos, Manolito.

Mi madre diciendo mentiras, mi abuelo haciéndose el loco, los vecinos tragándose la historia y yo ... yo también. Había veces que era más tonto de lo que parecía a primera vista.

– Entonces, ¿ni estás loco ni te vas a morir dentro de tres meses y medio?

– Pues no, estoy hecho una porquería pero tengo el cerebro de un niño.

Jo, qué día había pasado. Mi arsenal de lágrimas se había agotado, así que esperaba que al día siguiente no pasara nada malo ni a mí me diera por cometer ningún delito.

Lo que estaba claro era que a veces no sabía por qué hacía las cosas.

– Abuelo, no sé por qué lo hice. No sé por qué pinté la escalera con los rotuladores.

Entonces mi abuelo me dijo que no siempre uno sabía por qué hacía las cosas. Mi abuelo me dijo que, desde que existen los rotuladores en el mundo mundial, muchos niños han pintado las paredes y ninguno de ellos sabía por qué lo había hecho.

1 **el mareo:** Schwindel(gefühl).
3 **entre todos:** alle zusammen, mit vereinten Kräften.
10 **estar hecho/a una porquería** (fam.): etwa: aus dem letzten Loch pfeifen.
12 **¡jo!** (interj.): Mensch!, Wahnsinn!
13 **agotarse:** sich erschöpfen, versiegen.
14 **darle a alg. por** (+ inf.): auf die Idee kommen zu.
14 f. **cometer un delito:** eine Straftat begehen, etwas Strafbares tun.

– ¿Y cuando no existían los rotuladores?

Mi abuelo me dijo que pintaban las paredes con lápices, y antes con óleos, y antes con lo que pillasen. Después de mucho pensar le dije a mi abuelo:

– A lo mejor al niño que dibujó los animales en las cuevas de Altamira también le echaron una bronca.

– Pues a lo mejor.

– Y fíjate – me senté en la cama porque empezaba a estar emocionado – ahora la gente paga por verlo.

– Para que veas.

Me dormí muy contento, creo que ésa fue la noche más feliz de mi vida. Porque me había librado de la peor bronca de mi vida, porque mi abuelo no estaba loco, porque no se moriría hasta 1999 y porque dentro de cinco siglos vendrían especialistas de todo el mundo para ver las rayas de una casa de Carabanchel, y saldrían fotos en todos los libros de la escuela del futuro.

Al día siguiente, antes de irme al colegio, saqué de nuevo uno de mis rotuladores de «Felices Pascuas. Pescadería Martín» y escribí en letra muy pequeña y en un rincón de la escalera:

«Manolito Gafotas. Febrero de 1993.»

Quería facilitarles la investigación a los científicos

3 **el óleo:** Ölfarbe.
5 **a lo mejor:** vielleicht, womöglich.
5f. **las cuevas de Altamira:** die Höhle von Altamira in der Nähe von Santillana del Mar (Kantabrien), in der steinzeitliche Malereien zu sehen sind.
10 **para que veas:** da hast du's!
24 **facilitar algo a alg.:** jdm. etwas erleichtern.
la investigación: (Er-)Forschung.

del siglo XXV y quería que mi nombre se viera en las fotos que salieran en los libros. Al fin y al cabo, mi abuelo me había ayudado, pero yo había sido el inventor y el artista.

3f. **el inventor:** Erfinder.

La paz mundial

Hace diez días con sus diez noches, mi *sita* Asunción entró en la clase a las nueve en punto de la mañana, sin dejarnos esos cinco minutos que tenemos todos los días para echarnos en cara lo que nos hicimos los unos a los otros el día anterior.

La *sita* Asunción tomó aire y casi todos bostezamos porque era muy temprano para aguantar uno de sus discursos. Nuestra *sita* dijo lo siguiente:

– Este año quiero que preparemos el Carnaval como si fuera el último carnaval de nuestra vida. Vamos a presentarnos a un concurso de Eurovisión de disfraces que van a hacer en una discoteca de Carabanchel el próximo sábado. Van a presentarse niños de los colegios de todo el barrio y tenéis que demostrar a todo el mundo que sois unos niños como Dios manda y no esos delincuentes que parecéis.

No la dejamos acabar, se montó un mogollón en la clase que no veas. Yihad se levantó para decir:

10 **el Carnaval:** Karneval, Fastnacht; Karneval wird in Spanien nicht im ganzen Land gefeiert, aber z. B. in Andalusien, Galicien und vor allem auf den Kanarischen Inseln, wo es große Umzüge und die Tradition des Sichverkleidens gibt.

12f. **el disfraz:** Verkleidung, (Karnevals-)Kostüm.

16 **como Dios manda** (fig.): wie es sich gehört, anständig(e, -er, -es).

18 **se montó un mogollón** (fam.): es gab einen Aufruhr.

19 **que no veas:** das kannst du dir nicht vorstellen.

– Aviso: yo me voy a disfrazar de Supermán y lo digo para que no se disfrace nadie más de Supermán porque en esta galaxia Supermán sólo hay uno y ése soy yo y no quiero tener que partirme la cara con nadie. Repito: es un aviso.

Entonces dijo el Orejones:

– ¿Y de qué me disfrazo yo si sólo tengo el disfraz de Supermán y mi madre no me va a querer comprar otro?

Y se empezó a oír un eco en toda la clase: «Y yo … y yo … y yo …», porque todos los niños tienen el mismo disfraz de Supermán por los siglos de los siglos.

Yihad había avisado. Se tiró descontrolado a por el primero que pillara, porque a Yihad en esos momentos de alta tensión ambiental le da igual ocho que ochenta. No sé por qué tuvo que pillarme a mí; a lo mejor tiene razón mi madre cuando dice que siempre estoy en medio, como el jueves. Menos mal que soy un niño con reflejos y me defendí rápidamente:

– No hace falta que me rompas las gafas esta vez, Yihad. Todo el mundo sabe que yo prefiero ser el Hombre Araña.

Entonces salió un tío de mi clase diciendo que el Hombre Araña era él, y una niña que quería ser

4 **partirse la cara con alg.** (fam.): sich mit jdm. herumprügeln.

14f. **se tiró descontrolado a por el primero que pillara:** er stürzte sich ziellos/wahllos auf den Erstbesten.

16f. **le da igual ocho que ochenta** (fig.): das ist für ihn gehupft wie gesprungen, einerlei.

19 **estar en medio:** im Weg sein/stehen.

22f. **el Hombre Araña:** Spiderman.

la Bella y pedía a gritos una Bestia ... Así que, tal y como se habían puesto las cosas, no nos quedó más remedio que empezar a pegarnos, porque es la única forma que tenemos en mi clase de solucionar nuestros problemas de convivencia.

La *sita* Asunción, fuera de sus casillas, dio tres punterazos en la mesa y eso nos hizo acordarnos en masa de que estábamos en el colegio, en una clase y con una *sita* despiadada: la *sita* Asunción. Mi *sita* dice que da los punterazos en la mesa para desahogarse. En el fondo, lo que a ella le gustaría sería darlos sobre cabezas humanas, pero tiene la mala suerte de que ahora se lo prohíbe la Constitución española. «Si no fuera por la Constitución – dice a veces mi *sita* Asunción –, ibais a estar más tiesos que unas velas del Santo Sepulcro».

Mi *sita* Asunción dijo que nada de supermanes, ni de hombres arañas, ni de bellas ni de bestias; que teníamos que demostrar a Carabanchel, a España, a Estados Unidos y al planeta Tierra que éramos unos niños buenas personas, que luchábamos por la paz del mundo mundial y que ella había pensado que nos íba-

1 **la Bella ... una Bestia:** Anspielung auf »die Schöne und das Biest«. **pedir a gritos** (fig.): (geradezu) nach etwas schreien.
1 f. **tal y como:** genau(so) wie.
5 **la convivencia:** Zusammenleben, Miteinander.
6 **(estar) fuera de sus casillas:** ganz aus dem Häuschen / außer sich (sein).
7 **en masa:** uns alle (zusammen).
10 **desahogarse** (fig.): Dampf ablassen, sich Luft machen.
15 **la vela:** Kerze.
15 f. **el Santo Sepulcro:** das heilige Grabmal (Jesu).
21 **buena persona:** gut, brav.

mos a vestir los treinta niños bestias que somos de palomas de la paz.

Si no hubiera sido porque la *sita* Asunción iba armada con su puntero y porque además es nuestra señorita y porque somos una pandilla de cobardes, le habríamos dicho a coro: «Anda vete, salmonete.»

Estábamos bastante desilusionados; había sido el chasco más grande de nuestra existencia. Nos quedamos muy callados; ya nada nos hacía ilusión en este mundo mundial. Entonces mi *sita* continuó:

– El jurado, que es la Asociación de Vecinos, nos

4 **el puntero:** Zeigestock.
5 **la pandilla** (fam.): Bande.
11 **el jurado:** Jury.
la Asociación de Vecinos: Vereinigung der Nachbarn.

dará el primer premio, porque no hay jurado en España que se resista a dar el primer premio a treinta niños que van vestidos de palomas de la paz. Además, nos llevaremos muchos regalos. Seremos por un día los símbolos de la paz mundial y nuestro grito de guerra hasta el sábado será: ¡Los vamos a machacar!

Eso sí que nos gustó; con un grito de guerra como ése podíamos ir hasta el fin del mundo. Íbamos a machacar a todos los niños de todos los colegios del barrio con nuestros trajes de superpalomas de la paz.

Mi madre y las madres de los treinta niños bestias que somos nos hicieron esa semana los trajes de paloma con papel cebolla. Mi madre se quejaba bastante porque dice que, para mi *sita*, cualquier excusa es buena con tal de tenerla gastando dinero y trabajando. Que ella, el disfraz de Hombre Araña me lo había comprado para no tener problemas hasta que yo hiciera la mili y me dieran el disfraz de soldado. Que cómo se hacía un disfraz de paloma y que paz era lo que ella necesitaba, mucha paz en una playa desierta de Benidorm y sin niños, que eso era para ella la paz mundial.

Se quedó callada treinta milésimas de segundo y luego siguió protestando y diciendo que si no me estaba quieto jamás podría probarme, que conmigo hay que tener mucho cuidado, porque los trajes por la cabeza nunca me entran. «Este niño – se refiere a mí –

2 **resistirse a hacer algo:** sich (dagegen) sträuben etwas zu tun
12 **el traje:** hier: Kostüm.
13 **el papel cebolla:** Seidenpapier.
15 **con tal de** (+ inf.): damit … bloß, Hauptsache …

otra cosa no tendrá, pero nació con veinticinco dedos de frente.» Mi abuelo la consuela a ella y me consuela a mí diciendo:

– Como Einstein. Todos los sabios han tenido siempre veinticinco dedos de frente.

1 f. **con veinticinco dedos de frente** (fig.): etwa: blitzgescheit sein (meist negativ: *no tener dos dedos de frente:* ziemlich beschränkt sein).

Al Imbécil le tuvo que hacer otro traje de paloma porque el Imbécil es culo-veo-culo-quiero y, como no le hagan el mismo disfraz que a mí, ha cogido la costumbre de no comer y mi madre dice que un día se nos va a deshidratar. A mí me da igual que se deshi-

2 **es culo-veo-culo-quiero** (vulg.): etwa: der muss auch jeden Scheiß haben.
5f. **deshidratarse:** austrocknen.

drate; el que se deshidrata hoy día es porque quiere. Ah, se siente.

Total, que el día C – la C es por Concurso y por Carnaval – mi madre nos vistió con nuestros trajes de papel cebolla y nos dijo que nos fuéramos yendo para el colegio. A ella le gusta mucho ver que salimos vestidos de paz mundial y cogidos de la mano. No me preguntes por qué, nunca he podido explicármelo.

Nos encontramos a la Luisa por la escalera y la Luisa va y nos dice:

– Mira tu madre la maña que se ha dado para vestiros de pingüinos.

Así que no tuve más remedio que agarrar al Imbécil y volver a subir a mi casa para decirle a mi madre que nosotros de pingüinos no queríamos salir a la calle, ni aunque fuera por la paz mundial. Mi madre nos dijo que la Luisa no sabía distinguir entre un pingüino de su marido y una paloma de su madre, y que fuéramos arreando para el colegio, que siempre tenemos que llegar tarde a todas partes.

Por la calle, una señora le dijo a otra:

– Mira que pingüinos tan ricos, mujer.

Pero ya no quise volver a casa porque mi madre, en ciertos momentos de su vida, se puede llegar a poner

1 **hoy (en) día:** heutzutage.
2 **Ah, se siente.:** Ach, so was spürt man.
11 **darse (la) maña para hacer algo:** etwas sehr geschickt machen.
12 **el pingüino:** Pinguin; (fig.) Arbeitsanzug, Overall.
18 **una paloma:** hier: Bettlaken.
18f. **ir arreando para algo:** schleunigst zu etwas (hin)gehen.
22 **rico/a:** hier: süß, niedlich.

violenta y, al fin y al cabo, nosotros estábamos representando a la paz mundial.

Cuando llegamos al colegio, nos quedamos alucinados: en la puerta estaba Yihad vestido con unas plumas que parecía una gallina, estaba el Orejones que parecía un pavo, la Susana parecía un avestruz, Paquito Medina un pelícano, y así hasta treinta y tres. No había dos pájaros iguales. Bueno, sí, el Imbécil y yo: Esos pingüinos tan ricos.

Mi abuelo, que acababa de llegar, dijo:

– Esto lo tenía que haber visto Alfred Hitchcock para hacer *Los Pájaros. Segunda parte.*

Todos nos quedamos mirando los unos a los otros y, muy mosqueados, nos fuimos escoltados por la *sita* Asunción hasta la discoteca «Silicona», donde se celebraba el Festival.

La *sita* Asunción no se quedaba atrás; también se había vestido y parecía una pata o una gansa. Moviendo las alas nos dijo que iban a retransmitir el Festival por Radio Carabanchel, que es una radio que se hace en mi barrio y que, como no tienen dinero para micrófonos, mi abuelo dice que hacen los programas

5 **la gallina:** Huhn, Henne.
6 **el pavo:** Truthahn.
el avestruz: Strauß.
14 **mosqueado/a** (fam.): eingeschnappt, beleidigt.
escoltar: geleiten, eskortieren.
15 **la silicona:** Silikon.
17 **no quedarse atrás** (fig.): nicht zurückstehen (wollen).
18 **la pata:** hier (hum.) etwa: Entendame.
la gansa: Gans.
19 **retransmitir:** übertragen.

por el viejo sistema indio de abrir la ventana y hablar a gritos.

La *sita* Asunción estaba tan contenta que no parecía la *sita* Asunción. Si no hubiera sido porque nosotros también íbamos de pajarracos, nos habríamos partido de risa viéndola por mitad de Carabanchel vestida de paz mundial. La *sita* nos dijo que cuando saliéramos al escenario, ella diría:

– ¡Una, dos y tres!

Y nosotros teníamos que responder moviendo las alas y gritando todos a una, hasta rompernos la garganta:

– ¡Viva la paz mundial!

La *sita* quería que ensayáramos, así que en plena calle chilló como una loca:

– ¡Una, dos y tres!

Nosotros íbamos a gritar: «¡Viva la paz mundial!» pero, al ir a mover las alas, nos empezamos a enredar unos con otros y, si la *sita* no llega a poner orden, habríamos llegado a la discoteca completamente desplumados. La *sita* nos dijo que nos olvidáramos de mover

5 **el pajarraco** (pey.): hässlicher Vogel.
6 **por mitad de:** mitten in, in der Mitte von.
8 **el escenario:** Bühne.
11 **a una:** auf einmal, zugleich.
14 **ensayar:** proben, einstudieren, üben.
14f. **en plena calle:** mitten auf der Straße, auf offener Straße.
15 **chillar:** schreien, kreischen.
18 **al ir a mover las alas:** als der Moment kam, mit den Flügeln zu schlagen.
enredarse: sich verwickeln, verheddern.
19 **poner orden** (m.): Ordnung schaffen.
20f. **desplumado/a:** gerupft, ohne Federn.

las alas, que ya las moveríamos después de ganar el premio.

Ya estábamos en la discoteca. Nos sentamos los treinta y el Imbécil en un rincón. El presentador era el director de la Guardería «El Pimpollo», que está al lado de mi casa. Iba vestido el tío de Supermán; a Yihad le rechinaban los dientes de la envidia cochina que tenía. Yo aproveché la ocasión para hacerle un poco la pelota a mi amigo el chulito Yihad. Le dije:

– Ese tío no puede ser Supermán con la barriga que tiene. Un tío con una barriga como ésa no puede sobrevolar las cataratas del Niágara, porque la fuerza de gravedad de nuestro planeta atrae a los cuerpos gordos como ése.

– Y entonces, ¿qué ocurriría? – dijo Yihad, que estaba interesadísimo en mis teorías.

– Que se espanzurraría contra el suelo.

Yihad no sólamente se había quedado muy impresionado con mis altos conocimientos científicos, sino además muy contento. Lo de que «se espanzurraría contra el suelo» le había devuelto su optimismo de

5 **la guardería:** Kindergarten.
el pimpollo: Spross, Knospe; hier: hübsches Kind, Herzchen.
7 **rechinar:** knirschen.
8 f. **hacer la pelota a alg.** (fam.): sich bei jdm. einschmeicheln
11 **la barriga:** Bauch.
12 f. **sobrevolar:** überfliegen, im Flug überqueren.
13 **las cataratas del Niágara:** die Niagarafälle.
13 f. **la fuerza de gravedad:** Schwerkraft.
14 **atraer:** anziehen.
18 **(d)espanzurrarse** (fam.): sich den Bauch aufschlitzen, aufplatzen.

siempre; ya no sentía envidia, ahora miraba al presentador-Supermán por encima de las plumas, como mira un superhéroe profesional a un superhéroe de pacotilla.

Superbarriga iba anunciando a los grupos de los colegios que iban saliendo al escenario entre los abucheos de los que estábamos sentados. Como comprenderás, no íbamos a aplaudir a nuestros enemigos. Acuérdate de que nuestro lema era: «¡Los vamos a machacar!»

Salieron unos disfrazados de árboles. El grupo se llamaba «El Otoño». Llevaban una cadena que colgaba de una rama, tiraban de la cadena y automáticamente caían las hojas. El público se quedó alucinado por la tontería que acababa de ver. Los padres de este grupo se habían llevado una pancarta para animar a sus hijos; fueron los únicos que les aplaudieron, claro. Los demás miramos en silencio cómo se pasaron diez minutos en el escenario recogiendo las hojas que habían tirado. Luego, salieron los clásicos superhéroes, unos niños que iban disfrazados de *reality-chows* con cuchillos clavados en la espalda, otros que iban de bollicaos …

3f. **de pacotilla:** minderwertig, zweitklassig.
6f. **los abucheos:** Buh-Rufe.
9 **el lema:** Motto.
13 **la rama:** Zweig, Ast.
16 **la pancarta:** Plakat, Schild.
animar a alg.: jdn. ermutigen, aufmuntern; hier: jdn. anfeuern.
21 **el reality-chow:** Reality-Show; Fernsehsendung, in der Alltagsprobleme durchgespielt oder präsentiert werden.
22 **clavar:** (hin)einschlagen, (hinein)rammen.

Nosotros salimos los quintos; estábamos amaestrados para gritar detrás del «Un, dos, tres» de la *sita* Asunción eso de «¡Viva la paz mundial!», pero no nos dio tiempo a hacer nuestro número, porque cuando la *sita* dijo «Un, dos y tres», se oyó la voz de un chaval que va a un colegio de Formación Profesional de mi barrio que se llama «Baronesa Thyssen»:

– ¡Yihad, qué bien te sienta el traje de gallina!

Yihad se tiró del escenario para volverle la cabeza del revés al tío gracioso ese. La Susana detrás para defender a Yihad y todos los demás detrás de la Susana y de Yihad, porque si no defendemos a Yihad luego nos pega él a nosotros. El padre del chaval del «Baronesa Thyssen» dijo:

– Mi niño tiene parte de razón: Yihad parece una gallina y está concursando de paloma, y eso, se mire como se mire, es intolerable.

Mi *sita* Asunción se quedó sola en el escenario. Lloraba la pobre con su disfraz de pata. Nosotros tuvimos que separar a nuestros padres de los padres del «Baronesa Thyssen» porque estaban a punto de faltarse al

1 f. **amaestrado/a:** dressiert, gedrillt.
6 **el colegio de formación profesional:** Berufsschule.
7 **Baronesa Thyssen:** Carmen Thyssen-Bornemisza, geboren 1943 und besser bekannt als Tita Cervera, war Schauspielerin und Model; sie ist heute aktive Kunstsammlerin. Dass eine Berufsschule in Carabanchel nach ihr benannt ist, scheint äußerst unwahrscheinlich!
8 **sentar bien a alg.:** jdm. gut passen/stehen.
15 **tener parte de razón:** teilweise recht haben.
16 **concursar de paloma:** als Taube an dem Wettbewerb teilnehmen.
17 **intolerable:** unerträglich, untragbar.
21 f. **faltar(se) al respeto a alg.:** sich jdm. gegenüber respektlos benehmen, jdn. beleidigen.

respeto, y nosotros, al fin y al cabo, estábamos representando la paz mundial.

Aquel carnaval tenía toda la pinta de ser el peor de nuestras vidas, pero no te vas a creer lo que pasó al final, porque lo que pasó no se lo esperaban ni los chinos de Rusia.

Una vez que la pelea se calmó y se despejó el escenario, salió Superbarriga con su pinta de Supermán de la tercera edad y quiso hacer como que volaba. Por poco se mata el tío en uno de sus intentos por despegar del suelo. Ya ves, si eso fuera tan fácil todo el mundo sería superhéroe, no te fastidia. La verdad es que hubo que agradecerle el tropezón: fue lo que más gracia le hizo al público en toda la tarde. Yihad le estaba explicando a unos de otro colegio:

– Ese tío no puede ser Supermán con la barriga tan gorda que tiene, porque la «falta de variedad» del planeta Tierra le empuja a espanzurrarse contra el suelo.

– ¡La falta de variedad! Qué bestia que es Yihad, la única palabra que había conseguido aprenderse bien de mi teoría era el famoso «espanzurrarse». Pero no

7 **la pelea:** Kampf, Streit.
despejarse: leer werden, sich leeren.
9 **de la tercera edad:** Senioren…, Pensionisten… (*la tercera edad:* [Renten-]Alter, Lebensabend).
10 **por poco:** fast, beinahe.
el intento: Vorhaben, Versuch.
11 **despegar del suelo:** vom Boden abheben.
13 **el tropezón:** hier: Stolpern; (fig.) Fehltritt, Ausrutscher.
18 **la falta de variedad:** Mangel an Vielfalt, Eintönigkeit (Yihads Version der *fuerza de gravedad*).

te creas que le llamé la atención; si le llego a corregir, yo también hubiera sabido lo que era espanzurrarse contra este planeta del que tanto hablamos.

Superbarriga leyó los premios yendo del tercero al primero para hacer esos momentos más emocionantes:

– El tercer premio le corresponde ¡al grupo «Reality Chows»!, por su simpatía y originalidad.

El público en pleno se deshizo en abucheos:

– ¡¡¡Fuera!!!

El segundo premio se lo hemos concedido al grupo «El Otoño», por la belleza en la representación de una estación del año tan importante como las demás.

¿Había dicho «por la belleza»? Le dije a Yihad que aquel jurado se merecía que lo tirasen por las cataratas del Niágara, seguido de Superbarriga, claro. Una vez más estábamos de acuerdo. El más chulito de mi clase y yo estábamos de acuerdo en todo; de repente, yo era su mejor amigo. Estaba muy orgulloso de mí mismo, porque cuando el tío más chulo de tu colegio es tu amigo, eso quiere decir que tienes las espaldas cubiertas; es como si tuvieras al genio de la lámpara a tu disposición, siempre dispuesto a defenderte ante cualquier enemigo.

1 **llamar la atención a alg.:** *llamar la atención de alg. a algo* jdn. auf etwas aufmerksam machen, jds. Aufmerksamkeit auf etwas lenken.
7 **corresponder a alg.:** jdm. zustehen, auf jdn. entfallen.
9 **el público en pleno:** das gesamte Publikum.
deshacerse en: sich ergehen / ausbrechen in.
16 **seguido de:** gefolgt von, gleich nach.
19 **estar orgulloso/a de:** stolz sein auf.
21 f. **tener las espaldas cubiertas** (fig.): Rückendeckung haben.

– Y el primer premio … – Superpatoso hizo una pausa para crear más expectación. Te aseguro que se podía oír el rechinar de dientes de los espectadores ansiosos –. El primer premio se lo hemos concedido por unanimidad al grupo «Los pájaros», por su defensa a las especies en vías de extinción.

Como nadie salía, el presentador lo tuvo que repetir. Nos miramos los unos a los otros: ¿Pero nosotros no habíamos venido por la paz mundial?

Se ve que de lo de la paz mundial no se había enterado nadie, así que tuvimos que admitir que éramos un grupo de pájaros en vías de extinción. No siempre uno es lo que quiere ser en esta vida.

1 **Superpatoso** (fam.): Supertölpel.
2 **crear más expectación:** die Spannung steigern (*la expectación:* Erwartung; Interesse).
4 **ansioso/a:** hier: lechzend, begierig.
5 **por unanimidad** (f.): einstimmig.
6 **la especie en vías de extinción:** vom Aussterben bedrohte Art (auch *en peligro de extinción*).

Nos hicieron salir otra vez al escenario para recoger el premio. El premio estaba en una caja grande. Nos tiramos todos a por la caja para abrirla. El Imbécil intentaba abrirla a mordiscos. Con el follón nos estábamos quedando sin alas, pero eso ya no nos importaba; al fin y al cabo, ya no teníamos la responsabilidad de representar a la paz mundial: éramos pájaros en peligro de extinción. Mi *sita* se abrió paso dando unos cuantos pellizcos a traición y consiguió abrir la caja con sus manos poderosas. Superbarriga pidió un gran aplauso para el premio. Era material escolar: libros, cuadernos y cosas así. ¡Todo el rollo repollo de la paz mundial para ganar libros para estudiar! El único que aplaudió fue el Imbécil; como todavía no ha estudiado en lo que lleva en este planeta, no sabe lo que es eso, hay que perdonarle por su ignorancia.

Abandonamos el escenario. Ya no teníamos nada que hacer allí. El regalo se lo podía quedar la *sita* Asunción y comérselo con patatas. Ella estaba encantada mirando todos los libros y seguramente planeando nuevos deberes con los que destrozarnos el cere-

2f. **nos tiramos todos a por la caja:** wir stürzten alle auf die Kiste zu.
4 **el follón** (fam.): Durcheinander, Geschrei, Radau.
8 **abrirse paso:** sich einen Weg bahnen.
8f. **dar un pellizco (a alg.):** (jdn.) kneifen (*el pellizco:* Kneifen, Zwicken).
9 **a traición:** hinterrücks, heimtückisch.
10 **poderoso/a:** mächtig, gewaltig.
11 **escolar:** schulisch, Schul…
15 **en lo que lleva en este planeta:** seit er auf diesem Planeten lebt.
16 **la ignorancia:** hier: Unwissenheit, Unkenntnis.
18 **quedarse algo:** etwas behalten.

bro. Nuestros padres estaban orgullosos de aquellos hijos en peligro de extinción.

Por la tarde me dejaron bajar al parque del Ahorcado. Me vestí con mi supertraje de Hombre Araña. Mi madre le dijo a la Luisa:

– Los niños son así. Ellos se ponen su disfraz de superhéroes y tan contentos. Lo que yo digo: los niños son A, B y C, y de ahí no les saques.

Estuve a punto de bajar trepando por las paredes de mi torre, pero soy un niño consciente de mis limitaciones y sé que lo único que tengo de Hombre Araña es el disfraz. Cuando llegué al parque del Ahorcado ya me estaban esperando mis amigos: Yihad, de Supermán; el Orejones, de Supermán, pero sin capa porque le tocaba ser el ayudante de Supermán; la Susana, de la Bella, aunque en cuanto estás con ella un rato te das cuenta de que es la Bestia disfrazada de la Bella; Paquito Medina, de Robín de los Bosques, y el Imbécil, que seguía con su traje de pingüino porque mi madre le había convencido de que era el más bonito del barrio (a esa edad todavía te crees las mentiras de las madres).

Jugamos a superhéroes. Hicimos dos equipos. Yihad me pidió a mí para el suyo. Le dije que si le parecía bien que nuestro lema de ataque fuera: «Los vamos a machacar por la paz mundial.» Le pareció chachi. Estaba claro que yo me había convertido en su

8 **y de ahí no les saques:** und dabei lässt man sie besser.
10 **consciente de:** bewusst.
10f. **la limitación:** Grenze, Begrenzung, Beschränkung.
18 **Robín de los Bosques:** Robin Hood.

gran amigo. Jugamos al pañuelo, a la peste bubónica y al churro-mediamanga-mangaentera, que es un juego que consiste en que un equipo se agacha y el otro se tira encima sin piedad, es un juego de los llamados «educativos». Yo hacía todo lo que podía, corría y aguantaba con todas mis fuerzas, pero los demás siempre conseguían ganarme. Es el único defecto que le encuentro yo a los juegos de correr y de fuerza, que siempre me ganan. Cuando Yihad se dio cuenta de que conmigo en su equipo no se comía una rosca, decidió que a partir de ese momento ya nadie iría en equipo. El único interés de Yihad era ganar como fuera a Paquito Medina. Ganarnos al Orejones, a la Susana, al Imbécil o a mí no tiene emoción para Yihad.

Cogí al Imbécil de la mano y nos fuimos para casa.

1 **jugar al pañuelo:** etwa: das Tuchspiel spielen; Kinderspiel, bei dem zwei gegnerische Mannschaften versuchen, ein zwischen ihnen plaziertes Tuch zu fassen zu bekommen (*el pañuelo:* Taschen-, Halstuch).

2 **churro-mediamanga-mangaentera:** ziemlich brutales Spiel auf spanischen Schulhöfen, bei dem zwei Gruppen ausgelost werden. Eine Gruppe besteht aus Eseln, die sich mit dem Kopf zwischen den Beinen des Vordermanns zu einer Kette zusammenschließen. Die Spieler der zweiten Gruppe springen wie beim Bockspringen mit dem Schrei *¡Churro va!* so lange, bis auf jedem Esel ein Springer sitzt. Der erste Springer stellt, nachdem der letzte gesprungen ist, die Frage *¿Churro – media manga o manga entera?* und meint damit Handgelenk, Ellbogen oder Schulter. Die Esel müssen raten, welchen dieser Körperteile er berührt.

4 **llamado/a:** sogenannt.

5 **educativo/a:** erzieherisch.

10 **no comerse una rosca** (fam.): auf keinen grünen Zweig kommen, nichts erreichen (*la rosca:* Schnecke, Kringel [Gebäck]).

14 **no tener emoción:** keinen Reiz haben, nicht interessieren.

En realidad me fui porque no podía aguantarme las ganas de llorar. Había pasado de ser el gran amigo de Yihad a ser una rata de alcantarilla, y eso es algo que fastidia a cualquiera. El Imbécil me vio llorar y se puso a llorar él también. A él se le contagia todo, lo bueno y lo malo. Eso es lo que dice mi madre. Tuvimos que compartir el pañuelo. Primero me soné yo y luego le puse a él el pañuelo en la nariz. Hizo lo de siempre: prepararse con mucha concentración, tomar aire y luego echarse los mocos para adentro en vez de echarlos en el pañuelo. Es su estilo. Y yo me tuve que reír, aunque tenía lágrimas en los ojos, porque hay que reconocer que, aunque sea el Imbécil, también es bastante gracioso. En algo se tenía que parecer a mí.

2f. **había pasado de ser el gran amigo de Yihad a ser una rata de alcantarilla:** ich war von Yihads bestem Freund zur Kanalratte geworden.
7 **sonarse (los mocos):** sich die Nase putzen, sich schnäuzen.

En esas estábamos cuando llegó corriendo Paquito Medina y nos dijo:

– ¿Qué hacéis?

– Llorando de la risa – le contesté yo. A ver si te crees que le iba a confesar la verdad.

Entonces Paquito Medina me dijo que si quería ir el domingo a jugar a su casa con el ordenador. Yo le pregunté:

– ¿También vas a invitar a Yihad?

– Yihad me lo puede romper. Es un bestia.

Le dije que sí. La verdad es que era un rollo repollo jugar con Paquito Medina al ordenador, porque Paquito Medina gana en todo; igual que yo pierdo en todo, pero no me importaba. El tío más listo que yo había conocido en mi vida en la Tierra me quería invitar a mí solo: ¿Por qué? Porque Manolito Gafotas no rompe los ordenadores, porque Manolito Gafotas no es un bestia como otros, porque Manolito Gafotas es un tío de toda confianza. Estaba claro que Paquito Medina había decidido que yo fuera su gran amigo. Creo que fue uno de los momentos más felices de mi vida.

Me dieron ganas de subir a mi casa trepando por las paredes con mi disfraz de Hombre Araña, pero no lo hice. A mi madre no le gusta que el Imbécil suba solo las escaleras. El Imbécil y yo echamos una carrera hasta mi piso. Le gané, claro. Hay dos personas en el

1 **en esas estábamos cuando** (fam.): da waren wir gerade bei / das machten wir gerade, als.

18f. **ser un tío de toda confianza:** ein Kerl sein, auf den man sich verlassen / dem man vertrauen kann.

mundo mundial a las que gano corriendo: al Imbécil y a mi abuelo Nicolás. ¿Qué pasa? ¡Los hay peores!

Cuando nos estábamos poniendo el pijama, mi abuelo nos decía:

– Uno, dos y tres.

Y el Imbécil y yo gritábamos con todas nuestras fuerzas:

– ¡Viva la paz mundial!

Lo estábamos pasando bestial hasta que vino el plasta del vecino de arriba a protestar por el follón. Estaba claro que el famoso lema de la *sita* Asunción siempre traía problemas a nuestras vidas.

2 **¿Qué pasa?:** Was ist los?; hier: Und? Is' was?
los hay peores: es gibt (noch) schlechtere.

Un cumpleaños feliz

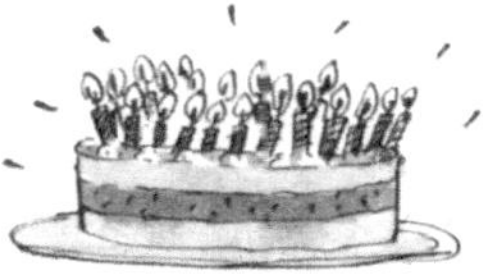

Mi abuelo no quería celebrar su cumpleaños. Dijo que no, que no y que no. Mi madre le decía:

– Pero papá, ochenta años no se cumplen todos los días.

– Gracias a Dios – dijo mi abuelo –. Sólo faltaba que ese disgusto se lo dieran a uno cada dos por tres.

– ¡Sí, abuelo! Nosotros te lo preparamos, invitas a tus amigos, compramos una piñata ... – ya me lo estaba yo imaginando.

– Y dentro de la piñata podéis meter pastillas para la artrosis, pastillas para la incontinencia, pastillas para la tensión ... – mi abuelo estaba por verlo todo negro –. Si invito a mis amigos esto puede parecer un asilo. No me gusta, todo esto lleno de viejos, de dentaduras postizas, de juanetes, no quiero. Además, ¿qué amigos tengo yo?

7 **el disgusto:** Ärger, Unannehmlichkeit, Verdruss.
9 **la piñata:** Gefäß voller Süßigkeiten, das an Kindergeburtstagen von Kindern mit verbundenen Augen zerschlagen wird.
11 **la pastilla:** Pille, Tablette.
12 **la artrosis:** Arthrose, Gelenkabnutzung.
la incontinencia: Inkontinenz, Einnässen.
13 **la tensión:** hier: Blutdruck.
15 **el asilo (de ancianos):** Altersheim.
15f. **la dentadura postiza:** künstliches Gebiss (*los dientes postizos:* die dritten Zähne).
16 **el juanete:** verformter Fuß (durch Schiefstand des großen Zehs).

– El abuelo de Yihad – le dije yo.

– Le digo al abuelo de Yihad que venga a mi cumpleaños y se mea de risa. Los viejos no celebran el cumpleaños, eso no se ha visto nunca. ¿Queréis también que apague ochenta velitas?

– ¡Sí! – dijimos el Imbécil y yo, que a veces estamos de acuerdo.

– Yo apago ochenta velas y me enterráis después del *Cumpleaños feliz*.

El Imbécil y yo empezamos a cantar el *Cumpleaños feliz*. Ese tipo de canciones siempre las cantamos a dúo y dando patadas en las patas de la mesa. Es nuestro estilo: la canción melódica. Mi abuelo seguía a la suyo:

– Y encima, como eres viejo, la gente sólo te regala bufandas, te llenan el armario de bufandas. Ni una corbata, ni un frasco de colonia, ni un chaquetón tres-cuartos, sólo bufandas.

– Pues dinos lo que quieres que te regalemos – mi madre no se da por vencida tan fácilmente.

– ¡Nada! No tengo nada que celebrar, no tengo amigos y no tengo ganas de cumplir ochenta años; lo único que tengo son bufandas de los cumpleaños anteriores.

Dicho esto, mi abuelo se metió en el cuarto de baño para ponerse los dientes postizos, porque se iba a tomar el sol con el abuelo de Yihad. Mi abuelo no es de

5 **apagar:** hier: ausblasen.
la velita (dim.): *la vela*.
8 **enterrar a alg.:** jdn. begraben, beerdigen.
15 **la bufanda:** Schal.
16 **el frasco de colonia:** Flakon mit Kölnisch Wasser.
16f. **el chaquetón tres-cuartos:** halblanger Mantel.
24f. **tomar el sol:** sich sonnen.

los que les gusta tomar el sol sin dientes. Cogió la puerta y se fue. El Imbécil y yo nos quedamos con el *Cumpleaños feliz* en la boca.

Yo, hasta ese momento, no había conocido a nadie que no quisiera celebrar su cumpleaños. Incluso mi madre, que desde hace muchos años sólo quiere cumplir 37, lo quiere celebrar, y lo avisa muchos días antes para que mi padre se acuerde y le compre un brillante, un visón o una batidora con unas cuchillas mortales, que es lo que al final le acaba comprando siempre.

Después del portazo de mi abuelo, pensé que mi madre se iba a enfadar, porque si hay algo que a ella no le gusta en la vida es que le lleven la contraria. Así que el Imbécil y yo nos quedamos muy callados porque en esos momentos es muy fácil que te la cargues por lo que sea; como estornudes un poco fuerte se te puede caer el pelo, y no precisamente por el estornudo. Pero no, mi madre no se enfadó, siguió quitando la mesa como si tal cosa. Ya lo dijo mi padre un día del año pasado: «Ella es imprevisible.»

1 f. **coger la puerta:** die Tür zuschlagen.
2 f. **nos quedamos con el *Cumpleaños feliz* en la boca** (fig.): uns blieb das *Cumpleaños feliz* im Halse stecken.
9 **el visón:** Nerz(mantel).
la batidora: Mixer, Mixmaschine.
la cuchilla: großes Messer.
11 **el portazo:** Zuschlagen der Tür.
13 **llevar la contraria a alg.:** jdm. widersprechen.
16 **estornudar:** niesen (*el estornudo:* Niesen).
16 f. **se te puede caer el pelo** (fam.): da kannst du was erleben.
18 f. **quitar la mesa:** den Tisch abräumen, abdecken.
19 **como si tal cosa:** als ob nichts (geschehen) wäre.
20 **imprevisible:** nicht voraussehbar; hier: unberechenbar.

La madre imprevisible no volvió a nombrar el cumpleaños de mi abuelo, y el famoso día A (A de Abuelo) se acercaba peligrosamente. La víspera de aquel miércoles misterioso, mi madre me llamó a su cuarto y cerró la puerta. Yo me eché a temblar inmediatamente y le dije:

– Yo no lo hice con mala intención, fue el Imbécil que sacó los polvorones del mueble-bar y quería ver cómo se espanzurraban si los tirábamos por el balcón. Resultó que el que tiré yo fue el que le cayó a la Luisa en la chepa.

– No te llamaba por eso, Manolito.

Hay veces en la vida que me precipito a la hora de pedir disculpas, y ésta había sido una. Por primera vez en la historia, no me llamaba para echarme una bronca terrorífica; me dijo que iba a celebrar el cumpleaños de mi abuelo por encima del cadáver de quien fuera.

– Pero si él no quiere …

– Lo que él quiera o no quiera a nosotros no nos importa.

Así es mi madre, ni el Papa es capaz de hacerle cambiar de planes. Me gustaría a mí que viniera el Pa-

3 **la víspera:** Vorabend.
8 **los polvorones:** andalusisches Staubgebäck.
11 **la chepa** (fam.): Buckel.
13 **precipitarse:** voreilig/überstürzt handeln.
13f. **a la hora de hacer algo:** wenn der Moment gekommen ist etwas zu tun.
17 **por encima del cadáver de quien fuera** (fam.): über wessen Leiche auch immer (*¡sólo por encima de mi cadáver!*, fam.: nur über meine Leiche!).
21 **el Papa:** Papst.

pa a decirle a mi madre si tiene que celebrar o no un cumpleaños. Mi madre es la máxima autoridad del planeta, eso lo saben hasta extraterrestres como Paquito Medina.

Mi madre trazó un plan, un plan perfecto, el plan más perfecto que una madre ha trazado desde que existe vida en el globo terráqueo. El plan consistía en lo siguiente:

a) Me iría con mi abuelo a llevar al Imbécil al médico. ¿Que por qué llevábamos al Imbécil al médico? Porque tenía mocos, pero daba igual; si no hubiera sido por los mocos habría sido por otra cosa, porque el Imbécil no sale del médico; es el típico niño que lo coge todo. ¿Por qué? Porque chupa toda la caca del suelo. Pero vamos a dejar esa historia. Si te contara las guarrerías que hace el Imbécil no podrías volver a comer en tu vida.

b) Mientras nosotros estábamos en el médico, mi madre iría al *súper* a comprar provisiones para la fastuosa merienda colosal.

c) A las seis de la tarde, en casa. Los invitados seríamos: mi padre, mi madre, la Luisa, el marido de la Luisa, yo y el Imbécil.

2 **máximo/a:** höchste(r, s).
5 **trazar un plan:** einen Plan entwerfen.
13f. **cogerlo todo:** sich mit allem anstecken, alle Krankheiten kriegen.
14 **chupar:** lutschen, ablecken.
16 **la guarrería** (fam.): Sauerei.
19 **el súper** (fam.): *el supermercado.*
las provisiones (pl.!): Proviant (*la provisión:* Vorrat).
19f. **fastuoso/a:** prunkvoll.
20 **la merienda:** Nachmittagsmahlzeit.

¡Qué rollo repollo de cumpleaños! Le pregunté a mi madre si se lo decía al abuelo de Yihad, pero mi madre se acordó de que mi abuelo había dicho que le daba corte invitar a un amigo viejo. Pues nada, sin amigo viejo.

Antes de salir de la habitación, mi madre dijo:

– Y como me entere de que vuelves a tirar polvorones por la terraza, vas tú detrás.

Ya sabía yo que era imposible entrar en la habitación de mi madre y que no te la cargaras por algo. Bueno, había salido sano y salvo, sin cicatrices, no me podía quejar.

Tener un secreto tan gordo dentro de mi cerebro me ponía muy nervioso. Había momentos en que me parecía que no me cabía el secreto en la cabeza. Por la noche, le dije dos o tres veces a mi abuelo cuando nos acostábamos:

– Abuelo, mañana es tu cumpleaños, pero jamás lo celebraremos.

Mi abuelo decía: «Pues bueno», y cerraba los ojos para dormirse. Hay veces que es un terrible hombre impasible.

Al día siguiente le abrí las tripas a mi cerdo. Mi cerdo es una hucha de barro. Generalmente, la gente

4 **dar corte a alg.** (fam.): jdm. peinlich sein.
pues nada: na, dann.
11 **salir sano y salvo:** wohlbehalten / mit heiler Haut davonkommen.
la cicatriz: Narbe.
22 **impasible:** gelassen, gleichmütig, unerschütterlich.
23 **abrir las tripas a algo** (fig.): etwas aufschlitzen, schlachten (*las tripas:* Eingeweide).
24 **el barro:** Ton(erde).

rompe el cerdo cuando tiene la hucha llena; pero como yo nunca espero a tenerla llena y siempre quiero abrirla cuando suenan dos o tres monedas porque más no aguanto, mi padre le hizo una ranura secreta en la barriga y todos tan contentos: ni yo tengo que romper la hucha, ni ellos tienen que comprarme una cada domingo.

Tenía ciento cincuenta pesetas. No era mucho. La verdad es que sólo llevaba ahorrando un fin de semana; eso no daba ni para comprar las bufandas esas a las que mi abuelo tenía tanto asco. Si hubiera tenido

4 **la ranura:** Schlitz.
5 **y todos tan contentos:** und alle sind zufrieden; und Friede, Freude, Eierkuchen.
8 **ciento cincuenta pesetas:** entspricht etwa 0,90 €.
11 **tener asco a algo:** sich vor etwas ekeln, einen Widerwillen gegen etwas haben (*el asco:* Ekel, Widerwille).

dinero me habría gustado comprarle una dentadura postiza. Es que la que tiene se la hicieron un pelín grande y como se ponga a comer algo duro es un desastre mundial: acaba por quitarse la dentadura con el trozo de carne clavado en sus dientes postizos.

Me llevé las ciento cincuenta pesetas al colegio. Estaba a punto de gastármelas en el Puesto Azul – el Puesto Azul es el puesto del señor Mariano, que tiene todas las chucherías conocidas en uno y otro confín –,

2 **un pelín** (fam.): ein klein wenig.
7 **gastar en:** ausgeben für.
el puesto: hier: (Verkaufs-)Stand, Kiosk.
9 **la chuchería:** Süßigkeit, Leckerei.
en uno y otro confín: im weiten Umkreis (*el confín:* Grenze, Ende).

en una bolsa de canicas rojas que le han traído al señor Mariano desde China; pero me eché para atrás porque, desde que el Imbécil estuvo a punto de ahogarse con mis canicas, mi madre las tiene bastante prohibidas. Nada de canicas. Luego vi unos sobres que tiene de indios, pero es que los indios del señor Mariano no se tienen de pie, y a mí me gusta que se tengan de pie para hacer una montaña con el cojín y poner a todos los indios asomando sus plumas por detrás, como en las películas. Nada de indios. Luego vi una peonza, pero ya tenía. Un yoyó, ya tenía ... ¿A que no sabes lo que vi de repente, sin previo aviso? Una dentadura de Drácula. No tenía dinero para una dentadura de dentista, pero sí para comprarle a mi abuelo una de Drácula. Me gastaría el dinero en mi abuelo. En ese momento fui la mejor persona que he conocido en mi vida, sin exagerar. Fui como ese niño del cuento que es capaz de morir por salvar a su abuelo. Menos mal que yo no me veía en la obligación de morir, porque, la verdad, eso me lo hubiera pensado dos veces.

Yihad me dijo en el recreo que si le dejaba mi dentadura. Se la dejé un rato, pero le pedí que no me la chupara mucho, porque se la iba a regalar a mi abue-

1 **la canica:** Murmel.
2 **echarse (para) atrás** (fig.): einen Rückzieher machen, es sich anders überlegen.
3 **ahogarse:** ersticken.
7 **tenerse en pie:** aufrecht, gerade stehen.
9 **asomar:** zeigen, sehen lassen; zum Vorschein kommen, erscheinen.
10 **la peonza:** Kreisel.
11 f. **a que no sabes lo que vi** (fam.): wetten, du weißt nicht / du errätst nie, was ich da sah.

lo. Luego se la puso Paquito Medina y el Orejones, que me la dejó llena de bollo. La limpié en sus pantalones y se quedó tan blanca como antes, porque era una dentadura de primera calidad.

Cuando estábamos en clase, me acordé de que mi abuelo había dicho que no quería un cumpleaños con viejos, así que pensé que sería una gran idea invitar a mis amigos. Mis amigos pueden tener muchos defectos (los tienen todos), pero no son viejos. Les pasé un papel a escondidas. A mi *sita* no le gusta que te pongas a invitar a la gente a un cumpleaños mientras ella explica un rollo de los climas del mundo mundial. Pensé que a lo mejor no les apetecía venir al cumpleaños de un abuelo ... ¡Sí, todos dijeron que sí! Mis amigos son capaces de ir al cumpleaños de Fredy Crouger con tal de tomar tarta y coca-cola. Les dije que entonces se tendrían que venir todos antes a la seguridad social a llevar al Imbécil al médico. «Pues bueno, pues nos vamos», dijeron.

A la hora de comer felicitamos a mi abuelo y nos pusimos a ver la televisión como si no nos importara nada más en este mundo. Hay veces que lo que más nos importa en este mundo es la televisión, pero en esta ocasión estábamos disimulando.

Cuando llegué al colegio después de comer, Yihad estaba con su abuelo en puerta. Yihad dijo:

10 **a escondidas:** heimlich, im Verborgenen.
13 **apetecer a alg. hacer algo:** Lust haben etwas zu tun.
15f. **Fredy Crouger:** Freddy Krueger, von Robert Englund verkörperte Figur der Horrorserie *Nightmare* (1984).
18 **la seguridad social:** Krankenversicherung; hier: Ambulanz.

– Mi abuelo quiere saber por qué tu abuelo no le ha invitado a su cumpleaños.

– Es que piensa que lo de invitarse a los cumpleaños no es de viejos.

– Pues le va a salir el tiro por la culata, porque estoy harto de invitarle en El Tropezón para que ahora me deje a mí tirado en la calle. ¿A qué hora es el cumpleaños de las narices?

– A las seis.

Estaba claro que la opinión de mi abuelo no era sagrada, todo el mundo se la saltaba a la torera. El plan perfecto trazado por mi madre quedaba así:

a) Mi abuelo, Yihad, yo, el Orejones, Paquito Medina y la Susana iríamos a la Seguridad Social para que el médico le viera los mocos al Imbécil. Un espectáculo sólo comparable al de Los Cazafantasmas.

b) El abuelo de Yihad estaría a las seis con los dientes puestos en mi casa. Allí se encontraría con mis padres, la Luisa y su marido. Mi madre se preguntaría a sí misma: «¿Y a éste quién le ha invitado?» Pero se lo callaría porque, delante de las personas de fuera, siempre es muy educada, como Lady Di.

c) La fastuosa merienda colosal estaría esperándonos en la mesa.

5 **le va a salir el tiro por la culata** (fam.): der Schuss wird nach hinten losgehen.
8 **de (las) narices** (fam.): super, toll.
11 **saltarse algo a la torera** (fig.): sich einfach über etwas hinwegsetzen.
16 **Los Cazafantasmas:** die Geisterjäger, im Original *Ghostbusters*; US-amerikanische Filmkomödie (1984), in der drei Parapsychologen New York von Geistern zu befreien versuchen.

Mi abuelo se quedó alucinado cuando vino a recogerme al colegio con el Imbécil y se encontró con que todos nos íbamos al médico con él, pero se calló. Está acostumbrado a que le hagamos cosas peores, como ese día que el Orejones y yo le cambiamos una aceituna negra por una cucaracha en El Tropezón. La atravesamos con su palillo de dientes y todo; la verdad es que daba el pego, pero mi abuelo sospechó que no se trataba de una aceituna como las demás cuando vio que a la aceituna se le movían las patas. Bueno, al fin y al cabo, las cucarachas son tan típicas en El Tropezón como las aceitunas.

En la sala de espera de la Seguridad Social lo pasamos bestial. Es fantástico ir al médico cuando es a otro al que tienen que mirar. Patinábamos por los pasillos, bailábamos la peonza, jugábamos al churromedia manga y, cuando queríamos reírnos como animales, le preguntábamos al Imbécil:

– ¿Cómo le vas a decir al médico que te suenas los mocos?

Y el Imbécil entraba en estado de concentración y luego se los metía para adentro. Mis amigos se partían el pecho de ver al Imbécil hacer su tontería mayor y el

5f. **la aceituna:** Olive.
6f. **atravesar:** hier: durchstechen, aufspießen.
7 **el palillo de dientes:** Zahnstocher.
8 **dar el pego** (fam.): täuschend ähnlich sein, echt aussehen.
sospechar: Verdacht schöpfen (*sospecho/a:* verdächtig; misstrauisch).
13 **la sala de espera:** Wartezimmer.
15 **patinar:** Schlittschuh laufen; hier: schlittern, rutschen.
22f. **partirse el pecho** (fam.): sich kaputtlachen.

Imbécil se emocionó de ser el centro de la reunión, y de tanto echarse los mocos para dentro se puso rojo rojísimo, que por poco se queda en el sitio por payaso. Luego pasamos todos juntos a la consulta del doctor Morales, que es el médico de todos mis amigos y cura prácticamente todas las enfermedades y además, según dicen las madres, está como un tren y es un cachondo. El doctor Morales es un médico de serie de televisión, en eso está de acuerdo todo Carabanchel. Nos subimos todos a la camilla con el Imbécil, todo parecía ir muy bien hasta que Yihad empezó a querer tirarnos camilla abajo; entonces el simpático doctor Morales, ese doctor de serie de televisión, nos dijo

1 **la reunión:** Versammlung.
3 **por payaso:** wegen der Herumalberei.
4 **la consulta:** (Arzt-)Praxis; Sprechstunde.
7 **estar como un tren** (fam.): toll aussehen.
10 **la camilla:** (Behandlungs-)Liege.

que si no teníamos nada que hacer en nuestra casa. El Orejones, al que le ha tocado el papel en esta vida de meter la pata, dijo:

– Sí, tenemos que celebrar el cumpleaños de …

No pudo terminar su frase asesina porque se encontró con que cuatro codos se le habían metido en la boca. Eran los nuestros.

El caso es que el diagnóstico del médico nos tranquilizó mucho: los mocos del Imbécil no eran graves, eran asquerosos. De repente, me di cuenta de que ya eran las seis y cuarto, cogimos todos a mi abuelo tirándole del chaquetón y lo llevamos casi corriendo hasta mi casa. De vez en cuando nos daba la risa nerviosa, porque la emoción de llevar a un abuelo a un cumpleaños sorpresa sólo se puede comparar a las cataratas del Niágara o al cañón del Colorado; lo demás en la vida no es tan emocionante.

Cuando llamamos al telefonillo de mi casa, salió la voz de mi madre diciendo:

– Manolito, dile al abuelo que se acerque a El Tropezón a traer una botella de casera para la cena.

Mi abuelo, que lo estaba oyendo, se dio media vuelta para ir a El Tropezón. A él le encanta que mi madre le mande al bar a por alguna cosa que se le ha ol-

2 **le ha tocado el papel de** (+ inf.): ihm ist die Rolle zugefallen zu.
3 **meter la pata** (fam.): ins Fettnäpfchen treten, sich blamieren.
5ff. **se encontró con que cuatro codos se le habían metido en la boca** (fam.): etwa: da hatte er auch schon vier Ellbogen im Maul.
18 **el telefonillo:** Gegensprechanlage.
20 **acercarse a algo:** hier: zu etwas (hin)gehen.
21 **la Casera:** Mineralwassermarke.

vidado. Lo que ocurre es que luego a él se le olvida despegarse de la barra para volver a casa.

Subí con mis amigos a casa. Mi madre abrió la puerta y se nos quedó mirando:

– ¿Y todos éstos?

Con mis amigos no se corta ni un pelo; los trata igual de mal que si fueran sus hijos.

– Como el abuelo no quería un cumpleaños lleno de viejos le he traído a mis amigos.

– No importa – esto lo decía mi madre con un tono sospechoso –; tenemos niños, viejos … Es un cumpleaños para todos los públicos.

Era verdad. Al abuelo de Yihad se le había ocurrido traerse a cuatro abuelos más de los que van a jugar al chinchón al Club del Jubilado. También estaba la Luisa, pero eso no es ninguna novedad; la Luisa siempre está en mi casa, menos a la hora de dormir, que se baja con su marido por si a Bernabé se le descoloca el peluquín mientras ronca. Mi madre nos colocó alrededor de la mesa. No se podía tocar ni un panchito, porque estaban contados y mi madre se pone nerviosa cuando hay mucha gente y poca comida. Todo estaba

2 **despegarse** (fig.): sich losreißen.
12 **para todos los públicos:** für jeden Geschmack (auch: jugendfrei).
14 f. **jugar al chinchón:** spanisches Kartenspiel für zwei bis acht Spieler.
15 **Club del Jubilado:** Rentnerclub (*el jubilado / la jubilada:* Rentner[in]).
17 **menos:** hier: außer.
18 **descolocarse:** verrutschen, sich verschieben.
19 **el peluquín:** Toupet, künstliches Haarteil.

preparado para cantar el *Cumpleaños Feliz* cuando el abuelo asomara por la puerta.

Oímos la llave y nos pusimos a cantar como locos y a comer al mismo tiempo. Antes de que llegara al salón, Yihad había acabado con las patatas y su vaso de coca-cola; y eso que mi casa, como dice mi madre, es una caja de cerillas y uno llega pronto a todas las habitaciones. Pero el que entró no era mi abuelo, era el marido de la Luisa que venía con más víveres; tres botellas de vino para los abuelos. Nos llevamos un cortazo y un tortazo. Mi madre dijo que al que se volviera a abalanzar sobre la comida le daba un bocadillo para que se lo comiera solo y triste en el parque del Ahorcado. Es una madre sin compasión.

El marido de la Luisa tomó posiciones en el corro que formábamos alrededor de la mesa. Volvió a sonar la llave en la puerta y repetimos nuestro *Cumpleaños Feliz* con la misma energía poderosa de antes. Yihad se siguió metiendo comida en la boca creyendo que mi madre no se daba cuenta. Se equivoca; ella siempre se da cuenta, lo que pasa es que a veces decide hacerse la sueca. Si yo fuera Dios la contrataría: ella es

7 **la caja de cerillas:** Streichholzschachtel.
9 **los víveres** (pl.): Lebensmittel, Proviant.
10f. **nos llevamos un cortazo y un tortazo** (fam.): etwa: wir bekamen eins aufs Dach.
11f. **abalanzarse sobre algo:** über etwas herfallen, sich auf etwas stürzen.
15 **tomar posiciones:** in Stellung gehen, sich einreihen.
21f. **hacerse el sueco / la sueca:** so tun, als ob man nichts merkt, den Dummen / die Dumme spielen.

capaz de tener sus ojos en todas partes. Es del tipo de madre camaleónica.

Otro corte como un castillo: era mi padre, que venía con un queso manchego que había comprado en un bar de la carretera que pillaba de camino. Mi madre cortó unos tacos de queso y los repartió para que matáramos el hambre mientras llegaba el protagonista de nuestra historia verídica.

Nos volvimos a colocar en nuestras posiciones, comíamos el queso sin hacer ruido para que al entrar mi abuelo no se percatara de que su casa estaba invadida por miles de personas. Pasó un rato, otro rato ..., y al tercer rato los abuelos empezaron a pedir sillas porque, la verdad, mi abuelo se estaba poniendo un poco pesado.

Mi madre decidió llamar a El Tropezón; ella tiene el teléfono del bar porque tiene que rescatar muchas veces a mi padre y a mi abuelo de las garras de algún pulpo que hay en la vitrina.

Se puso el dueño, el señor Ezequiel, y le dijo a mi madre:

– Pues sí, aquí está don Nicolás, me acaba de invitar

2 **camaleónico/a:** chamäleonartig.
3 **el corte:** hier: Unterbrechung, Themawechsel.
como un castillo (fig.): riesig, Riesen..., gewaltig.
4 **el queso manchego:** spanischer Käse aus der Mancha.
6 **el taco:** hier: Stück.
8 **verídico/a:** wahrhaftig, wirklich.
17 **rescatar:** retten, befreien.
19 **el pulpo:** Tintenfisch.
20 **ponerse (al teléfono):** am Telefon / dran sein.

a un tinto por su cumpleaños, dice que nadie le ha regalado ni una mísera bufanda.

Mi madre contestó:

– Dígale a mi padre que suba inmediatamente.

Y mi abuelo subió inmediatamente, porque cuando mi madre dice inmediatamente no hay terrícola que se atreva a subir dentro de un rato.

La puerta del salón se abrió y empezamos a cantar nuestro *Cumpleaños Feliz*. Lo hacíamos mejor que los niños cantores del Papa; si el Papa nos conociera nos contrataría *ipso facto*. Tenías que haber visto la cara que puso mi abuelo cuando vio que España entera estaba en el salón de mi casa. Detrás de él entró Don Ezequiel con una fuente de gambas y otra de berberechos, y todo el mundo lo recibió con un gran aplauso. Creo que las fuentes no duraron ni cincuenta milésimas de segundo. Los abuelos se comían las gambas con cáscara y los berberechos a puñados. La gente empezó a sacar los regalos. El regalo del abuelo de Yihad fue una bufanda a cuadros que a mi abuelo le encantó; los otros abuelos le regalaron dos bufandas, una negra y otra verde que a mi abuelo le parecieron preciosas; la Luisa le había comprado una bufanda

1 **el (vino) tinto:** Rotwein.
2 **mísero/a:** elend, mies.
10 **los niños cantores:** Sängerknaben.
11 **ipso facto** (lat.): sofort, umgehend.
14 **la fuente:** hier: Schüssel, Platte.
14f. **el berberecho:** Herzmuschel.
18 **la cáscara:** Schale.
a puñadas: haufenweise.
20 **a cuadros:** kariert.

made in Italia que a todos nos pareció muy elegante; mi madre le regaló un *foulard*, que es como una bufanda, pero de tela, «para que parezcas más joven», y todo el mundo estuvo de acuerdo en que parecía diez años más joven; mis amigos le prometieron su bufanda para el cumpleaños que viene; y el Imbécil y yo le dimos la dentadura de Drácula, que fue un exitazo. Mi abuelo se quitó sus dientes postizos de siempre y se puso la del señor Mariano. Le estaba perfecta. Mi abuelo dijo que sería la dentadura de los domingos. Molaba mi abuelo de vampiro: el famoso Vampiro de Carabanchel, ése es mi abuelo.

No quedó nada. Se acabó el vino, la casera, las coca-colas. Bajaron a por más, se siguió acabando. Los viejos hacían cola todo el rato para mear; cuando le tocaba al último de la fila, ya tenía ganas otra vez el primero.

Mi madre sacó la tarta, pero la tarta no se veía: quedaba oculta por ochenta velas. Mi madre bajó las persianas para que el salón quedara iluminado sólo con la luz de las velas. El Imbécil se puso a llorar porque decía que le daban miedo las caras de los viejos alrededor de la tarta. A mi abuelo le sobresalían los colmillos a los dos lados de la boca. Estaba realmente espectral, sólo le faltaban unas gotas de sangre por la barbilla. Mi madre nos dijo que apagáramos los niños

2 **el foulard:** *el fular:* (Seiden-)Schal.
7 **el exitazo** (fam.): Riesenerfolg.
19f. **la persiana:** Jalousie, Rolladen.
23 **sobresalir:** vorspringen, überstehen.
23f. **el colmillo:** Eckzahn, Fangzahn.
24f. **espectral:** gespenstisch.

las velas. Gritaron: ¡Una, dos y tres!, pero Yihad se nos adelantó y las apagó él casi todas. Hasta en las fiestas de tu abuelo, siempre hay un tío que te fastidia la vida. Mi madre dijo que en los cumpleaños no hay que pelearse, así que tuve que aguantarme, como siempre. Ahora que lo pienso, paso de soplar velas, qué idiotez. Mientras partían la tarta, cantamos *Es un muchacho excelente*, y a mi abuelo se le cayeron dos o tres lágrimas, como siempre que se brinda, que el reloj de la Puerta del Sol toca para las uvas o que sale gente en la televisión muriéndose en la guerra. El abuelo de Yihad dijo que mi abuelo tenía que decir unas palabras. Mi abuelo decía que no, que no y que no, pero se hizo otro coro del Papa para gritar: «¡Que hable, que hable!» Entonces mi abuelo dio una noticia, la mejor noticia de la temporada teniendo en cuenta que el Real Madrid como siga así no va a ganar la Liga. Mi abuelo anunció:

– Siempre he dicho que tenía pensado morirme en 1999, unos días antes de que acabara el siglo XX. Bueno, pues he pensado que voy a probar dos o tres años del siglo XXI.

El público aplaudió. Mi madre le pidió a los abuelos

6 **soplar:** hier: auspusten.
7 **la idiotez:** Schwachsinn, Unsinn.
partir: (zer)teilen; hier: anschneiden.
7f. **«es un muchacho excelente»:** zweiter Teil des Geburtstagsliedes *Cumpleaños feliz*.
9 **brindar:** anstoßen, einen Toast aussprechen.
10 **tocar para las uvas:** die (zwölf) Trauben einläuten; in der Silvesternacht verzehren die Spanier traditionell bei jedem der zwölf Glockenschläge auf der Puerta del Sol eine Weintraube.

que se bajaran con nosotros al parque del Ahorcado mientras ella recogía.

El suelo estaba lleno de patatas y de coca-cola. Seguro que por la noche estaría otra vez brillante como un espejo, porque mi madre es como esas madres de los anuncios, pero con la casa mucho más pequeña.

Bajamos al parque del Ahorcado. Al rato empezaron a venir las madres para recoger a mis amigos. El Imbécil, mi abuelo y yo nos quedamos los últimos. Ya no teníamos que llevar la odiosa trenca y los días eran mucho más largos. Ese cambio meteorológico ocurre todos los años en Carabanchel el 14 de abril, el día del cumpleaños de mi abuelo. No me preguntes por qué. Científicos de todo el mundo han intentado encontrar

una explicación a este fenómeno y no la han encontrado, pero han tenido que admitir que el verano en Carabanchel empieza el día en que Nicolás cumple años.

Mi abuelo se había bajado todas sus bufandas en una bolsa para mirarlas de vez en cuando. Yo hago lo mismo con mis regalos de Reyes: me los bajo todos al parque del Ahorcado para que no se separen de mí en todo el día. Estábamos sentados en el único banco del parque del Ahorcado que no está roto; es el banco donde se echan la siesta por la mañana todos nuestros abuelos. El que se había dormido era el Imbécil: tenía la cabeza apoyada en mi abuelo y los pies en mí. Siempre me toca soportar lo peor de las personas. El Imbécil es muy pequeño, pero ya le huelen los pies; en eso ha salido a mi padre. Yo también he salido a mi padre: en las gafas y en el nombre.

Yo estaba muy contento porque ya quedaba mucho menos para que se acabara la escuela y la despiadada *sita* Asunción desaparecería por unos meses. Llegarían los meses de verano y mi abuelo, el Imbécil y yo nos bajaríamos al parque hasta que se hiciera de noche, sin chaqueta, sin abrigo, sin nada. Las madres nos llamarían por las terrazas cuando las salchichas estuvieran hechas y todo el mundo en mi barrio se acostaría mucho más tarde. Molaba cien kilos que llegara el verano.

Mi abuelo me señaló el sol tan rojo a punto de desaparecer detrás del árbol del Ahorcado. Mi abuelo dice que el suelo de Carabanchel es horroroso, pero que el cielo es de los más bonitos del mundo, tan bonito

12 **apoyar en:** aufstützen auf, lehnen an.

como las pirámides de Egipto o el rascacielos de King Kong. Es la octava maravilla del mundo mundial.

Todo estaba tan quieto como en una película que echaron en la tele en la que un abuelo y un niño se quedaban los últimos en el cementerio, después del entierro de uno que era negro. Pero esto era mucho mejor, porque en la película de mi vida no habría ningún muerto de momento, me lo había prometido mi abuelo.

No te lo vas a creer, pero creo que fue la tarde más feliz de mi existencia en el planeta Tierra.

1 **Egipto:** Ägypten.
el rascacielos: Wolkenkratzer.
1 f. **King Kong:** Der Riesengorilla klettert in dem gleichnamigen Film von 1933 auf das Empire State Building in Manhattan.
2 **la maravilla del mundo:** Weltwunder.
4 **echar:** hier: zeigen, bringen.

Editorische Notiz

Der spanische Text folgt der Ausgabe: Elvira Lindo, *Manolito Gafotas*, Madrid: Alfaguara, 2008. Das Glossar enthält alle Wörter, die nicht im *Thematischen Grund- und Aufbauwortschatz Spanisch* von José María Navarro und Axel J. Navarro Ramil (Stuttgart: Klett, 2001) enthalten sind. Dabei wird der Grundwortschatz in der Regel als bekannt vorausgesetzt; Wörter, die zum Aufbauwortschatz zählen, sind bei Bedarf hier erklärt. Allerdings wurde bei auch im Deutschen verständlichen Wörtern auf eine Erklärung verzichtet.

Im Glossar verwendete spanische Abkürzungen

adv.	adverbio (Adverb)
alg.	alguien, alguno (jemand)
aum.	aumentativo (Vergrößerungsform)
dim.	diminutivo (Verkleinerungsform)
f.	femenino (weiblich)
fam.	lenguaje familiar (umgangssprachlich)
fig.	sentido figurado (sinnbildlich, übertragen)
hum.	humorístico (humorvoll, scherzhaft)
inf.	infinitivo (Infinitiv)
interj.	interjección (Interjektion)
inv.	invariable (unveränderlich)
irón.	irónico (ironisch)
lat.	latino (lateinisch)
loc.	locución (Redewendung)
m.	masculino (männlich)
pey.	peyorativo (abwertend)
pl.	plural (Plural)
sg.	singular (Singular)
subj.	subjuntivo (spanischer Konjunktiv)
sust.	sustantivo (Substantiv)
vulg.	lenguaje vulgar (vulgär)

Werke von Elvira Lindo

Kinderbücher

1994 Manolito Gafotas. (Dt.: Manolito.)
1995 Pobre Manolito. (Dt.: Manolito und die Schmutzfußbande.)
1996 ¡Cómo molo! (Dt.: Manolito, was für ein super Typ!)
1997 Los trapos sucios de Manolito Gafotas.
1998 Manolito on the road.
1999 Yo y el Imbécil.
2001 Manolito tiene un secreto.

Bücher für Erwachsene

1998 El otro barrio.
2002 Algo más inesperado que la muerte.
2005 Una palabra tuya.

Erzählungen

1996 Olivia y la carta a los Reyes Magos.
1997 La abuela de Olivia se ha perdido.
Olivia no quiere bañarse.
Olivia no quiere ir al colegio.
Olivia no sabe perder.
Olivia y el fantasma.
Olivia tiene cosas que hacer.
1999 Charanga y pandereta.
2000 Bolinga.
Amigos del alma.
2001 Fue una gran dibujante.

Theaterstücke

1996 La ley de la selva.
2004 La sorpresa del roscón.

Drehbücher

1998 Manolito Gafotas.
La primera noche de mi vida.
2000 Ataque verbal.
Plenilunio.
El cielo abierto.
2008 Una palabra tuya.

Links im Internet

http://www.elviralindo.com Webseite der Autorin
http://personal.telefonica.terra.es/web/aus/guias/lindo.htm knappe Erläuterungen zu den Geschichten
http://www.uclm.es/cepli/archivo/publicaciones/PUBGUIPAP/3.pdf Arbeitsvorschläge zu *Manolito Gafotas*
http://209.85.135.132/search?q=cache:Ep5PgY8ozpgJ:www.xtec.es/iesbarresiones/Documents/gafotas.doc+%22niño+de+concurso%22&cd=3&hl=de&ct=clnk&gl=es Arbeitsvorschläge zu *Manolito Gafotas*

Nachwort

Elvira Lindo: Leben und Werk

Elvira Lindo hat in der spanischsprachigen Welt bereits in den 90er Jahren des 20. Jahrhunderts etwas zustande gebracht, was im angelsächsischen Sprachraum erst später eintreten sollte: dass tausende, hunderttausende, ja viele Millionen Kinder in Spanien und Lateinamerika ihre Bücher lesen, sich auf die Folgebände freuen, die Verfilmungen im Kino verfolgen, auch die Fortsetzungen ihrer Kinderbücher lesen und dass ihre Kinder- und Jugendbücher in über dreißig Sprachen übersetzt wurden. Ihr Antiheld aus Carabanchel, Manolito Gafotas, hat in den Kinderzimmern Spaniens die mitunter leeren Bücherregale bevölkert oder die Meterware an Comics wie *Filemón* und *Mortadela* ersetzt. Das Portal ihrer Internetseite beginnt mit einem wunderbaren Text über das Lesen, der mir als Einstieg in ihre Biographie passender erscheint als ein paar dürre Zahlen und Daten:

> »Leer. Leer sin ganas. Leer por aburrimiento. Leer para no hacer ruido. Leer para dejar que tu padre duerma la siesta. Leer porque no te dejan poner la tele. Leer porque ya nadie quiere contarte un cuento. Leer porque te han castigado sin salir. Leer porque estás en la cama con fiebre. Leer porque estás solo. Leer porque imitas a tus hermanos mayores. Leer porque lo hace tu madre. Leer libros para niños. Leer novelas que no te dejan leer. Leer hasta que te apagan la luz. Leer sin leer, pensando en otra cosa. Leer en la biblioteca. Leer todos los libros de la biblioteca infantil. Leer porque tu hermana lee en la cama de al lado. Leer libros de Tintín en casa de tu abuelo. Reir porque tu tía llora con una novela. Llorar porque te da pena el abominable hombre de las nieves. Leer y leer y leer cinco líneas sobre sexo. Leerlas y leerlas una vez más. Leer porque quieres

estar solo. Leer porque te sientes solo. Leer porque te crees distinto. Leer para encontrar almas gemelas. Leer aquello que aún no has vivido. Leer para llenarte la cabeza de pájaros. Leer para presumir. Decir que has leído un libro que no has leído. [...]«[1]

So viele Gründe, wie Elvira Lindo fürs Lesen findet, so viele Kinder- und Jugendbücher, Erwachsenenbücher, Drehbücher, Aufsätze, Zeitungsartikel für *El País* und Radioprogramme scheint sie geschrieben zu haben. Dass sie nebenbei noch Zeit findet, für das Radio zu arbeiten, in Verfilmungen Nebenrollen einzunehmen und mit ihrem Ehemann, dem Schriftsteller Antonio Muñoz Molina, ein Leben zwischen Madrid und New York zu führen, kann einen in Staunen versetzen.

Elvira Lindo wird am 23. Januar 1962 in Cádiz, Westandalusien, geboren. Ihre Kindheit verbringt sie in verschiedenen spanischen Städten. 1974 zieht die Familie nach Madrid, wo sie nach dem Abitur an der Universidad Complutense Journalismus studiert. Bereits in den ersten Studienjahren arbeitet sie für Radio Nacional de España und berichtet als Reporterin aus den Stadtvierteln von Madrid. Damit sind zwei wichtige Grundsteine für ihre späteren Erfolge gelegt: das Leben ihrer andalusischen Familie in der innerspanischen Migration in Madrid und die genaue Beobachtung des madrilenischen Alltags in Vierteln wie Vallecas, La Latina oder Carabanchel.

Besondere Bedeutung fällt hier dem Verfassen von Geschichten und witzigen Erzählungen zu, die sie manchmal auch selbst im Radio liest. Dabei erfindet sie nach und nach eine Figur, die im Äther ungeahnte Popularität erreichen sollte: Manolito Gafotas, einen Jungen aus einem Arbeiterviertel Madrids, der täglich im Radio als Hörspiel und mit der Stimme der Autorin zu hören ist. 1986 qualifiziert sich

1 http://www.elviralindo.com/articulos/articulos-espana/leer-a-su-lado/#more-92

Elvira Lindo für die Stelle einer Sprecherin und Kommentatorin des Senders in Málaga, wo sie ein Jahr lang im Nachrichtendienst arbeitet. 1987 kehrt sie nach Madrid zurück, wo sie in erster Linie humoristische und kulturelle Programme für Radio 3, einen alternativeren Sender von Radio Nacional, gestaltet. 1990 beginnt sie für Tele 5 zu arbeiten, einem spanischen Privatfernsehsender, für den sie humoristische Programme sowie Reportagen über das spanische Kultur- und Gesellschaftsleben schreibt. 1991 arbeitet sie für Televisión Española, wo sie ebenfalls Drehbücher schreibt, aber auch als Darstellerin in einigen Sketches auftritt. Zur gleichen Zeit setzt sie ihr Programm »Manolito Gafotas« frühmorgens bei Radio Nacional fort. 1993 zieht sie sich eine Zeit lang vom Fernsehen zurück und beginnt ein Buch über ihre Figur Manolito zu schreiben. Diesem Buch, *Manolito Gafotas*, sollten fünf weitere folgen: *Pobre Manolito*, *Como molo*, *Los trapos sucios*, *Manolito on the road* und *Yo y el Imbécil*.[2]

1996 gewinnt Elvira Lindo mit *Los trapos sucios* den Premio Nacional de Literatura Infantil y Juvenil sowie den »Cervantes chico«, den Preis für Kinder- und Jugendliteratur der Stadt Alcalá de Henares, der Geburtsstadt Cervantes'. Im selben Jahr beginnt sie als Drehbuchautorin für den Film zu arbeiten und gewinnt gleich mit *La primera noche de mi vida* (»Die erste Nacht meines Lebens«) mehrere Preise für das beste spanische Drehbuch. Ihre nächste Arbeit für das Kino ist *Manolito Gafotas*, die Verfilmung ihres Antihelden mit dem Regisseur von *La primera noche de mi vida*, Miguel Albaladejo. Dieser Film erhielt den Sonderpreis der Kinderfilmfestspiele Berlin. 1998 veröffentlicht sie ihren ersten Roman für erwachsene Leser, *El otro barrio*, der von Salvador García Ruiz verfilmt wird. Im selben Jahr beginnt sie Zeitungskommentare für *El País* zu schreiben. Gemeinsam mit dem Regisseur Miguel Albaladejo verfasst sie das Drehbuch

2 Vgl. http://www.elviralindo.com/biografia/ (ich beziehe mich im biographischen Teil weitgehend auf die Webseite der Autorin).

zu *Ataque Verbal*, einem Film in sieben Episoden, in der sie in der Episode *Las Barrenderas* (»Die Straßenkehrerinnen«) eine Hauptrolle übernimmt. In ihrem bisher letzten Roman *Una palabra tuya* (2005) werden zwei Straßenkehrerinnen in Madrid zu Protagonistinnen.

1999 schreibt sie neben den Beiträgen für *El País* und den Hörspielen für ihre Figur Manolito im Radio (Cadena SER) das Drehbuch für die Filme *Plenilunio* (»Vollmond«; deutscher Titel *Die Augen eines Mörders*) – das auf einem Roman von Antonio Muñoz Molina beruht – und für *El Cielo Abierto* (»Der offene Himmel«). Im Sommer 2000 schreibt sie täglich eine Kolumne in *El País*, in der sich auf witzige Weise Fiktion und die Realität der Autorin vermischen. Diese Artikel wurden in den Bänden *Tinto de verano* (»Rotweinschorle«), *Otro verano contigo* (»Noch ein Sommer mit Dir«) und *El mundo es un pañuelo* (»Wie klein die Welt doch ist«) veröffentlicht.

Im Jahr 2002 erscheint ihr zweiter Roman für erwachsene Leser *Algo más inesperado que la muerte* (»Etwas Überraschenderes als der Tod«). Neben ihrer Tätigkeit als Schriftstellerin hält sie Vorlesungen für junge Drehbuchautor(inn)en über das Verhältnis zwischen Literatur und Kino. Seit 2001 schreibt Lindo wöchentlich für *El País*: die Sonntagsspalte *Don de gentes* (etwa: »umgänglich/gesellig sein«) und die Kolumne auf der letzten Seite der Mittwochausgabe.

2005 gewinnt ihr dritter Roman für erwachsene Leser *Una palabra tuya* (»Aber sprich nur ein Wort«), der schon in mehrere Sprachen übersetzt worden ist und 2008 von Ángeles González-Sinde verfilmt wurde, den Preis Biblioteca Breve de Novela des Verlags Seix Barral. Zur Zeit arbeitet Elvira Lindo an einer Theaterversion des Romans *Algo más inesperado que la muerte*.

Ihre Bücher werden in zahlreiche Sprachen übersetzt, *Manolito Gafotas* hat es sogar auf über dreißig Übersetzungen gebracht, darunter auch ins Mandarin. Ins Deutsche übersetzt wurden allerdings bisher nur drei der Manolito-Bücher.

Manolito Gafotas

Die Protagonisten

MANOLITO GAFOTAS: Er ist möglicherweise der erste Antiheld der Kinder- und Jugendliteratur. Nicht mit Zauberkräften ausgestattet wie Harry Potter oder bärenstark wie Pippi Langstrumpf, kein schlauer Tom Sawyer und keine emsige Biene Maja, ist er einfach der Sohn des Lastwagenfahrers Manolo, dessen Vater samt seinem Lastwagen ebenfalls Manolo heißt und dessen wahrscheinlich galicische Vorfahren immer schon Manolo hießen. Was ihn zum Helden macht, ist seine Begabung, sich mitzuteilen und aus den Fährnissen einer kleinen Reise mit seinem Großvater Nicolás in die Madrider Innenstadt ein großes Abenteuer zu machen. Was ihn besonders sympathisch macht, ist die Tatsache, dass er ohne seine dicken Augengläser hilflos ist und dass er mit seinem Großvater aus Platzgründen im Wintergarten schläft und ihm allabendlich die Füße wärmt. Den Spitznamen »Gafotas« haben ihm seine dicken Brillengläser eingetragen. Die Übersetzung »Brillenschlange« trifft des Pudels Kern insofern nicht ganz, als diese Hänselei eher Mädchen galt. In Zeiten der Gleichberechtigung werden sich allerdings auch Jungs damit abfinden müssen.

Eine interessante Arbeit zum Thema der Übersetzung von Eigennamen in *Manolito Gafotas* von Olga García García im Jahrbuch der Universität Extremadura[3] beschäftigt sich natürlich auch mit dem Namen des Protagonisten. García schreibt, dass Spitznamen in manchen Fällen jene Namen sind, die eine Person am meisten verdient, und dass hinter ihnen die Phantasie oder oft auch die Boshaftigkeit jener steht, die ihn erfunden haben. Aus einem Namenlexi-

3 Olga García García: Onomástica en la traducción de Manolito Gafotas al alemán. In: Anuario de Estudios Filológicos XXIV/2001. Universidad de Extremadura. S. 153–167.

kon[4] zitiert sie die Feststellung, dass der Großteil der Spitznamen – wie eben auch in *Manolito Gafotas* – aus jener Gruppe stammt, die sich auf eine physische Besonderheit beziehen (etwas, das in der Hispania durchaus üblich ist), da diese eben am offensichtlichsten ist; gefolgt wird diese Gruppe von jener, die auf charakterliche Merkmale anspielt.

Weiter schreibt Olga García:

> »Die zentrale Figur, Manolito Gafotas, erscheint in der deutschen Version als Manolito Brillenschlange. Die hier angewendete Technik ist die lexikalisch-morphematische Teilwiedergabe, mit der versucht wird, die stilistisch-emotionale Fracht des Übernamens wiederzugeben.
> In der Ausgangssprache wird ein Kosename, der aus der Verniedlichung gebildet wird, mit einem Spitznamen der aus einer abwertenden Vergrößerung gebildet wird, kombiniert. In der Zielsprache hingegen wurde versucht, die Wertigkeit des Spitznamens mit einer metaphorischen Zusammensetzung zu kompensieren, welche sowohl die Kobra als auch den Brillenträger bezeichnet. Obschon Gafotas und Brillenschlange gleichwertige Begriffe sind, geht das Kontrastbild, die Antithese Verkleinerung/Vergrößerung, in der Zielsprache verloren.«[5]

Durch Manolitos dicke Brille sehen und erfahren wir vieles über die Welt der Kinder und Erwachsenen in Carabanchel, in Madrid und in ganz Spanien. Brillant ist dabei vor allem die Beobachtungsgabe Elvira Lindos und das Einbringen ihrer Erfahrungen und Erlebnisse als Stadtreporterin für Radio und Fernsehen in Madrid. Viel Sinn für Humor zeigt und großen Unterhaltungswert zieht die Autorin aus der Kombination der kindlichen Vorstellungswelt Manolitos und dem Voka-

4 Josep M. Albaigès, Enciclopedia de los nombres propios, Barcelona: Planeta, 1995.
5 García García, S. 157 (Original auf Spanisch).

bular der Erwachsenenwelt, wenn er beispielsweise den schlagfertigen Großvater mit einem typischen Älteren-Männer-Leiden als »Superprostata« tituliert, aber auch bewundert. Oder wenn er in einem Atemzug den kitschig-religiösen Lieblingsschlager seines Großvaters *Campanera* mit dem Spülklosett verbindet, welches es damals noch nicht gab und dem Fernsehen, das damals stumm war.

Dass die Perspektive des Kindes echt ist, muss auch in der Verfilmung dieses originellen Buchs durchgekommen sein. Der Film wurde auf dem Kinderfilmfest der Berlinale 2000 gezeigt und von den Rezensentinnen Regina Voss und Uta Rinklebe als löbliche Ausnahme im »Balanceakt zwischen Kinder- und Erwachsenenperspektive« befunden:

> »Vielen Beiträgen des Kinderfilmfestes gelingt das nicht. Die Darstellung von Kindheit als Inkubationszeit, mit klar umrissenem Vorher und Nachher, ist eine erwachsene Interpretation. Oft wirken die Dialoge zwischen den Kindern unglaubhaft, werden Kinder zu besseren Menschen. Eine schöne Ausnahme ist der spanische Beitrag *Manolito Gafotas* (Manolito, die Brillenschlange). Schon die erste Einstellung macht deutlich, dass hier versucht wird, aus Kindersicht zu erzählen. Manolito muss auch nicht für Erwachsenenphantasien herhalten, er ist einfach nur fett.«[6]

Manolito Gafotas ist wahrscheinlich deswegen so überzeugend, weil er aus der persönlichen Erfahrungswelt seiner Erfinderin stammt, in vielen Radiosendungen gewachsen und deshalb auch untrennbar mit der Stimme Elvira Lindos verbunden ist und weil er die drei großen Lebensbereiche jedes Kindes – Familie, Freunde, Schule – witzig, übertrieben und doch eben sehr trefflich durchmisst.

6 Regina Voss / Uta Rinklebe: Kinder als bessere Menschen. Ein Resümee des Kinderfilmfests der Berlinale. In: Berliner Zeitung. 19. Februar 2000. https://www.berlinonline.de/berliner-zeitung/archiv/.bin/dump.fcgi/2000/0219/none/0060/index.html

EL ABUELO NICOLÁS: Obwohl es anfangs den Anschein hat, dass Orejones López Manolitos dickster Freund ist, muss der Leser gegen Ende der Lektüre feststellen, dass Lincos Antiheld viel mehr mit seinem Großvater am Hut hat und dass die beiden nicht nur nächtens wortwörtlich unter einer Decke stecken, sondern auch tagsüber vieles zusammen unternehmen, zusammen erleben und vor allem über das Erlebte sprechen. Der Großvater ersetzt den meist abwesenden Vater, der berufsbedingt kaum seine erzieherischen Pflichten wahrnehmen kann. Meist ist es don Nicolás, der Manolito aus der Patsche hilft, der seinen Erzfeind Yihad bekehrt, die Bemalung des Treppenhauses den Nachbarn als seine eigene Demenz verklickert und im Zentrum Madrids mit der Fernsehmoderatorin schäkert. Nur einmal kann auch Manolito seinem Großvater etwas beibringen, nämlich im allerletzten Kapitel des Buches.

EL OREJONES LÓPEZ: Als Segelohren-López scheint dieser Junge zuerst die ideale Ergänzung zu Manolito zu sein (große Ohren – große Brille), doch bald wird klar, dass er ganz schön feig ist und lieber entführte Prinzessin spielt, als sich Yihad im tapferen Kampfe zu stellen. Die Rivalität im anstrengenden Werben um Susana Bragas-Sucias bringt die beiden Jungs vorerst noch weiter auseinander und erst nachdem beide erfahren müssen, dass sie die Freundschaftsdienste für Susanita an den Rand ihrer Kräfte bringen, erkennen sie mit Erstaunen, dass das gute Mädchen eher aus dem Holz eines Yihad geschnitzt ist, der wiederum ihrem Fernsehheld, dem tasmanischen Teufel, am nächsten kommt. Erleichtert ob dieser Erkenntnis genießen sie nun in gemütlicher Eintracht ihre *merienda*, den Nachmittagsimbiss, vor dem Fernseher, während Susanita und Yihad sich im Parque del Ahorcado schreiend, kratzend und sich gegenseitig bespuckend näherkommen. So kann man als Leser Manolito nur beipflichten, wenn er meint: »el Orejones López […] es mi mejor amigo, aunque algunas veces sea un cochino y un traidor y otras, un cochino traidor, pero es mi mejor amigo y mola un pegote« (S. 5).

SUSANA BRAGAS-SUCIAS: Auch hier zeigt sich, dass Eigennamen in Kinderbüchern nicht nur übersetzt, sondern vielmehr transponiert werden müssen. García García führt unter anderem zwei Techniken zur Übersetzung von Eigennamen an:

> »Zusammenfassend gibt es im Prozess der Übersetzung von Eigennamen mehrere, unterschiedliche Techniken: 1) die Transferenz: besteht darin, den ausländischen Namen in das fonologische und grafemische System der Zielsprache zu übertragen, ohne oder mit geringfügigen Abweichungen [z. B. Susanita → Susi; Anm. des Hrsg.]. 2) die Transposition: besteht darin, den ausländischen Namen mittels einer weiten Palette an grammatikalischen, semantischen und der kommunikativen und stilistischen Ebene entsprechenden Umformungen zu übertragen, mit dem Zweck, die funktionale und kommunikative Äquivalenz zu erhalten [z. B. Gafotas → Brillenschlange].«[7]

Interessant ist in diesem Fall, dass aus dem nicht gerade zimperlichen Spitznamen *bragas-sucias* eine deutsche *Schmutzbutz* wird. (Diese Vokabel ist auch größeren Lexika nicht zu entnehmen, in einem Internettext wird eine Katze so tituliert und ein Mädchen davor gewarnt, sie in die Arme zu nehmen.) »Schmutzbutz« klingt auf jeden Fall sympathisch und lustiger als *bragas-sucias*. Auf stilistischer Ebene berücksichtigt die Übersetzerin dieser Transposition die Tatsache, dass Spitznamen unter der Gürtellinie nicht eben sehr fair sind. Ob Jungs im deutschsprachigen Raum ebenso rücksichtsvoll wären, steht auf einem anderen Blatt. Dazu ist auch anzumerken, dass das Original in Spanien für 12-Jährige herausgegeben wurde, also für junge Teenager, während sich die Übersetzung für den deutschsprachigen Raum schon an 10-Jährige richtet.

7 García García, S. 155 (Original auf Spanisch).

YIHAD: Dieser Begriff bezeichnet den »heiligen Krieg« des Islam. Umstritten dabei ist die Interpretation: ist der spirituelle Einsatz für eine Idee gemeint, der physische Nahkampf im Alltag oder die Schlacht auf Gedeih und Verderb? Der Koran vermerkt dazu: »Und kämpft auf dem Wege Gottes gegen jene, die euch bekämpfen, aber begeht keine Ausschreitungen, denn Gott liebt die Maßlosen nicht« (Sure 2, 190).[8] Yihad, erst Manolitos Feind, dann sein Freund, kümmern Interpretationen ebenso wenig wie heilige Schriften: er ist immer der Aggressor und stürzt sich gnadenlos auf Feind und Freund. Sei's auch nur um klarzustellen, dass er im Karneval das Urheberrecht auf das Supermannkostüm hat.

Die einzige Person, vor der Yihad Friedfertigkeit und Respekt zeigt, ist sein *agüelo*, don Faustino, durch dessen Einfluss er zum hilfsbereiten Kollegen und vorübergehend sogar zum Freund Manolitos wird. Doch Yihad ist kein Teamspieler und so kommt Manolito schlussendlich zur Einsicht, dass mit einem Freund, der immer nur gewinnen will, nicht gut Kirschen essen ist. Nachdem er alle Höhen und Tiefen dieser Freundschaft durchmessen hat (»Había pasado de ser el gran amigo de Yihad a ser una rata de alcantarilla«, S. 162), wird er schließlich Paquito Medinas *gran amigo*.

EL IMBÉCIL: Der »Simpel« hat wahrscheinlich die undankbarste Rolle in Manolitos Welt, zumindest im ersten Band, wo uns der Hauptdarsteller persönlich erklärt, wie er auf diesen – in der Übersetzung noch freundlicher klingenden – Spitznamen gekommen ist: Als er mit fünf Jahren gerade seine erste Brille erhalten hatte, kam sein Brüderchen zur Welt, und schon beim ersten Kontakt versuchte Manolito ihm die Augen zu öffnen, um nachzusehen, ob sie rot sind. Dies wäre nämlich laut Orejones López ein untrügliches Zeichen dafür, dass er vom Teufel besessen wäre. Als das Neugeborene laut zu weinen beginnt, stürzen sich alle auf Manolito – als ob er

8 http://www.erfan.ir/article/article.php?id=12627

der Besessene wäre –, und er denkt sich zum ersten Mal: »¡Qué imbécil!« (S. 12).

Die einzelnen Episoden

Los de mi barrio se quejan. Im ersten Kapitel führt uns Manolito in sein Stadtviertel ein, das Arbeiterviertel Carabanchel. Südwestlich des Manzanares gelegen, wurde es vor allem in der Mitte des 20. Jahrhunderts zu einem Sammelbecken der innerspanischen Migration, in dem sich Gallegos, Andalusier und Extremeños niederließen und einen Neubeginn am Rande der riesigen Hauptstadt versuchten. Assoziiert wurde mit dem Namen *Carabanchel Alto* bis zum Ende der 90er Jahre das Hochsicherheitsgefängnis, das von Kriegsgefangenen des spanischen Bürgerkriegs und für politische Häftlinge der Franco-Zeit gebaut wurde. Bevor es 1999 teilweise abgerissen und geräumt wurde, beherbergte es noch 2500 Häftlinge, davon 500 Frauen. So viel zum soziokulturellen Hintergrund des Stadtviertels, in dem Manolito Gafotas aufwächst.

Aufklärend ist auch seine Einführung in die Welt der Spitznamen. Erstens gefällt es Manolito, dass man ihn »Gafotas« nennt. Denn an seiner Schule hat jeder, der ein bisschen wichtig ist, einen Übernamen. Bevor er zu seinem Spitznamen gekommen war, weinte er ziemlich viel, weil jeder, der sich mit ihm anlegte, ihn Vierauge oder Brillenschlange schimpfte. Seit er aber eben Manolito Gafotas ist, ist es reine Zeitverschwendung zu versuchen, ihn zu beleidigen (S. 8). Leuchtet doch ein, oder? Und dabei ist das nicht sein einziger Spitzname: genauso gut könnte man ihn auch »Cabezón« (Sturschädel, Dickkopf) nennen, aber da ist eben noch niemand drauf gekommen, und sein Großvater nennt ihn »el Nuevo Joselito«, weil er dessen *Campanera* singt.

El cuerno de Manolito. Im zweiten Kapitel geht es in die große Stadt, sprich vom Rand ins Zentrum, und nach erfolgreicher Suche eines Hirschknopfs für Manolitos Wintermantel geben sich don Nicolás und Manolito ein wenig Großstadtluft. Zuerst unterstützen sie stimmlich eine politische Demonstration und bestaunen dann eine Fernsehnachrichtensprecherin in einer Cafeteria und sehen entzückt zu, wie diese Berühmtheit ein Sandwich isst. Weniger entzückt reagieren die Nachrichtensprecherin und der herbeigerufene Kellner. Dieser versucht don Nicolás unhöflich und erfolglos zum Weitergehen zu bewegen. Und Manolito erhält eine Lektion in Sachen Zivilcourage, als sein Großvater auf seinem Recht als Straßenbenutzer besteht und sich dann vor einem neugierig gewordenen Publikum über die Ungerechtigkeiten des Lebens beschwert und verlangt, die Sprecherin, die sich allabendlich am laufenden Band verspreche, möge doch endlich einmal die Pensionen in den Nachrichten thematisieren.

Vaya diagnóstico más idiota. Kaum hat das Schuljahr begonnen, schleppt Manolitos Mutter ihn zur Schulpsychologin, zum Fräulein Espe. Entweder er redet zu viel oder er ist unkonzentriert und flippig. Dort darf er nicht nur reden, er soll sogar. Und Manolito erzählt seine ganze Kindheit bis ins letzte Detail und nach eineinhalb Stunden ist sogar Esperanza, die Psychologin, froh, dass die Sitzung vorbei ist. Für die nächste Sitzung notiert Manolito alles, was ihm einfällt und füllt damit schließlich mehrere Schulhefte. Schon nach wenigen, anstrengenden Sitzungen ist klar, dass Manolito keine Traumata hat: er redet einfach fürs Leben gern und zu Hause sollte ihm die Familie etwas mehr Gehör schenken.

El capitán Merluza. Manolito und seine Freunde treffen sich regelmäßig im Galgenbaumpark zum Spielen. Ganz anders als im Klassenzimmer gibt hier Yihad den Ton an. In seinen Rollenspielen gibt es klare Regeln: er ist der Held, Käpt'n Amerika, el Orejones López ist die Prinzessin und Manolito soll den abscheulichen Verräter geben. Doch unser Held weigert sich zuerst, denn der Höhepunkt des Spiels ist die aussichtslose Schlägerei zwischen Yihad und Manolito, in der letzterer regelmäßig verdroschen wird und seine Brille ihren Teil abkriegt. Manolito wäre viel lieber König und sieht sich schon samt seiner gekrönten Familie in den Abendnachrichten. Doch Yihad ist unerbittlich und nachdem er Manolito die Zusage, die Verräterrolle zu übernehmen, abgerungen hat, haut er ihm ohne weitere Warnung die Faust aufs rechte Auge. Natürlich ist die Brille wieder kaputt und da gerade Manolitos Großvater in den Park kommt, traut sich der geschlagene Verräter, seinem Widersacher zuzurufen, er werde niemals Käpt'n Amerika sein, sondern das einzige, wozu er es bringen könne in seinem Leben, sei Käpt'n Sternhagel.

Am Ende rettet ihn der Großvater aus der Bredouille – wie das geschieht, wollen wir dem gespannten Leser hier nicht verraten.

Un pecado original. Eines Tages im Stadtviertel Carabanchel: Manolito und sein Großvater werden von einem nicht mehr ganz jugendlichen Übeltäter mit einem Aids-behafteten Messer bedroht und zur Herausgabe von – umgerechnet – 1,60 € gezwungen. Don Nicolás will in der aussichtslosen Situation das Geld schon herausrücken, als Manolito auf dem Springmesser »Souvenir Mota del Cuervo« liest, das Dorf seines Großvaters. Nachdem es mit der Anonymität des Straßenräubers vorbei ist, dreht don Nicolás den Spieß einfach um, und stellt dem Delinquenten hochnotpeinliche Fragen zu seiner Herkunft aus seinem Dorf. Dieser ist so überrascht, dass er gleich alles zugibt und sich als Sohn der ortsbekannten Ceporra identifiziert. Worauf der Großvater ihm das Springmesser abnimmt und das erpresste Geld auf Heller und Pfennig zurückerhält.

Wie die Geschichte zwei Tage später ihren Höhepunkt erreicht, findet der werte Leser im Museo del Prado heraus!

El uno para el otro. Während Manolito ins Karatetraining muss, lädt sein bester Freund (der Verräter) Orejones die von beiden Jungs – und halb Spanien – umworbene Susana zu sich nach Hause ein, wo sie gemeinsam den tasmanischen Teufel auf dem Bildschirm verfolgen. Dass Manolito das süße Mädel zu Beginn des Schuljahres für sich reserviert hat, fruchtet nicht so richtig, und deshalb will der Junge mit den dicken Brillengläsern die Ratschläge seiner Bezugspersonen befolgen: der Großvater rät ihm, dem Mädchen seine Liebe zu gestehen, am besten dreimal täglich, und seine Mutter rät ihm, nicht immer anders sein zu wollen als die anderen. Da Susanita nicht mehr im Park spielen darf, lädt Manolito sie zu sich nach Hause ein und nachdem die Aufregung um ihren Spitznamen (»Schmutzhöschen« im Original) abgeklungen ist, darf sie auch zu Besuch kommen. Nach dem obligatorischen tasmanischen Teufel versucht sich Manolito als Charmeur, hat damit aber wenig Erfolg.

Paquito Medina no es de este mundo. Paquito Medina ist neu in Manolitos Klasse, er kommt ungefähr einen Monat nach Schulbeginn. Das Fräulein informiert die Klasse über den Neuen und bittet sie, ihn nicht nach seinem Vater zu fragen, da er keinen hat. Darauf bricht eine lebhafte Diskussion aus. Alle möchten wissen, WARUM Paquito Medina keinen Vater mehr hat, und beinahe endet die psychologische Vorbereitung der kleinen Schützlinge in einem Riesenstreit. Anfänglich wagt es keiner überhaupt mit ihm zu reden; als er sich nach drei Tagen Beobachtungsphase dann als Fan des Fußballclubs Rayo Vallecano outet, wird er auch postwendend nach seinem Vater gefragt. Nachdem er die ganze Pause (in Spanien üblicherweise 30 Minuten) Auskunft gegeben hat, sind alle zufrieden und versuchen nur noch gelegentlich, ihn zu Real Madrid zu bekehren. Sehr bald stellt sich heraus, dass Paquito Medina perfekt ist: Klassenbester, Sportler, freundlich, höflich und bescheiden. Laut Orejones López ist er ein Marsmensch, der in die spanischen Schulen geschickt wurde, um dort alle Kinder verrückt vor Neid auf sein vorbildliches Verhalten zu machen.

No sé por qué lo hice. Manolito und seine Streiche: Nachdem der Bande das Wortkettenspiel zu dröge geworden ist, spielt Manolito mit Orejones im Team gegen Yihad und Susanita, wer es länger in der Straßenmitte auf der Hauptstraße vor der Schule aushält, wenn die Autos und Lastwagen heranbrausen. Als ein großer Bus anrollt, rennt Orejones davon und Manolito glaubt, den Bus mit seinen mentalen Riesenkräften aufhalten zu können, und stellt sich ihm tollkühn in den Weg. Der Bus hält tatsächlich, aber in letzter Sekunde. Es steigt ein wutentbrannter Herr Solís aus, der Manolito gewaltig die Leviten liest und ihn auch postwendend zur Direktorin der Schule bringen würde, wenn nicht hinter seinem Bus die Autokolonne hupte.

Einige Tage später, als das Wortkettenspiel wieder langweilig wird und Orejones López sich vertrollt hat, kommt Manolito im Eingangsportal seines Wohnblocks freudig erregt auf die Idee, mit drei dicken Farbfilzstiften die frisch geweißte Wand des Treppenhauses zu verzieren; und zwar bis zu seiner Haustüre. Die Aufregung ist groß, und als Manolito seine Familie schon auf der Straße betteln oder – noch schlimmer – singen sieht, bringt wieder einmal der Großvater mit einer tollkühnen Aktion die Rettung.

La paz mundial. Als Fräulein Asunción ankündigt, dass es den diesjährigen Karneval vorzubereiten gilt, »als ob es der letzte wäre«, bricht sofort das Chaos aus und alle streiten sich um das Vorrecht, das Supermannkostüm tragen zu dürfen. Bevor es zu Handgreiflichkeiten kommt, verschafft sich das resolute Fräulein genügend Gehör, um anzukündigen, dass alle sich für den Weltfrieden einsetzen sollten und dass die ganze Klasse sich als Friedenstauben präsentieren werde. Nachdem die anfängliche Enttäuschung groß ist, lässt sich die Truppe von der Aussicht auf den ersten Preis für originelle Kostüme und dem Schlachtruf »Wir werden euch alle niedermachen!« überzeugen.

Wer den begehrten Preis am Tag K gewinnt, sei an dieser Stelle noch nicht verraten.

Un cumpleaños feliz. Als Manolitos Großvater sich weigert, seinen achtzigsten Geburtstag zu feiern, beschließt die Familie, ihm eine Überraschungsparty zu organisieren. Der Superplan sieht vor, daß der Großvater Manolito und den Simpel zum Arzt begleitet, während die Mutter für das kolossale Geburtstagsfest einkaufen geht, und um sechs Uhr abends im kleinen Kreis gefeiert wird. Manolito spendiert seine kargen Ersparnisse für ein Draculagebiss aus Plastik und nach der Schule hängen sich alle seine Freunde an das Geburtstagskommittee an und begleiten don Nicolás und den Simpel zum Arzt. Nach dem Arztbesuch vertrollt sich der Großvater in die Kneipe, wo er mit dem Besitzer seinen Geburtstag im engsten Kreise zu feiern gedenkt. Doch schließlich bringt ihn ein Telefonanruf seiner Tochter dazu, nach Hause zu kommen, wo die ganze Familie, Manolitos Freunde, der Großvater von Yihad und vier weitere Urgesteine des Pensionistenclubs sowie Nachbarin Luisa im Dunkeln auf ihn warten.

Das Geburtstagsfest wird ein voller Erfolg und der Großvater ist so gerührt, dass er seinen Plan, das 21. Jahrhundert nicht mehr erleben zu wollen, aufgibt und sich überlegt, noch ein paar Jahre nach 2000 auszuprobieren. Nach dem Fest gehen die Jungs mit dem Großvater in den Galgenbaumpark und Manolito stellt fest, dass der 14. April, der Geburtstag von don Nicolás, ein Wendepunkt im Jahresablauf darstellt: man braucht keinen Wintermantel mehr, die Sommerferien sind in Sicht und der Himmel über Carabanchel wird zum achten Weltwunder. Für Manolito scheint es jedenfalls der schönste Moment in seinem bisherigen Leben!

Klaus Amann

Inhalt